AF222353

Franziska König

Wie sich
die Sorgen und Nöte
einer Dame
an einem einzigen Tag
alle auflösten

Der schlanke

Roman
des Monats

September

Für meinen lieben Onkel Hartmut

©Juni 2024 von Franziska König
Cover: Kunstvolles Gemälde von Erika König
Covergestaltung: Franziska König & Agentur Baumfalk Aurich
Herstellung und Verlag: BoD – Books on Demand, Norderstedt
ISBN: 9783759743466

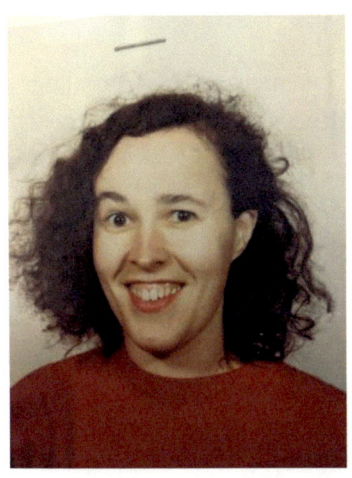

Franziska (Kika) im Jahre 1998
in einem Fotomaton in Wien

Aus dem Leben einer Geigerin

Unser Leben währet 840 Monate und wenn es hoch kommt, so sind´s 960.
Monate, die sich im Nachhinein in schlanke bis vollschlanke Romane verwandeln.

Willst Du mich einen Monat lang begleiten?

Die meisten Vorkömmlinge
finden sich im Personenverzeichnis
am Ende des Buch

Hier die Familie vorweg:

Opa, Dichter, Denker und Rentner in Österreich
(*1909)
Oma Mobbl, Pianistin und Ehefrau des
Vorhergehenden (*1910)
(Die Großeltern mütterlicherseits)
Oma Ella, Großmutter väterlicherseits in
Grebenstein (*1913)
Buz (Wolfram), unser Papa (*1938) Professor für
Violine an der Musikhochschule in Trossingen
Rehlein (Erika), unsere Mutter (*1939)
Ming (Iwan), mein Bruder (*1964)
Lindalein, (*1973) unsere Kusine aus Amerika, die
von 1997 bis Anfang 2000 bei uns in Europa lebte

Ein Buch ohne Vorwort.
Du kannst gleich anfangen zu lesen…

September 1998

Dienstag, 1. September
Hohnerstadt Trossingen

Verhangen.
Zur Mittagsstund auf verschwiemelte Weise
sonnig und schwül.
Die Sonne strahlte angestrengt
unter einer vergilbten Wolkendecke hervor.
Als ich vom Joggen heimkehrte, regnete es leise.
Zur Dämmerstund färbten sich die Wolkenbäusche
orange und rosa

Als um viertel vor sieben der Wecker tönte, schien mir die Nacht im Nachhinein derart vollgepackt mit Träumen über Lady Di und Örl Spencer! (Ich weiß, daß man den Namen ein wenig anders schreibt, doch so sieht er viel lustiger aus, finde ich)

In der Bäckerei Link bestellte eine alte Dame, die sich auf staksigen Haxerln durch den Rest des

Lebens mühte und einen sahnigen Haarkranz auf dem Haupt trug, eine Geburtstagstorte bei dem freundlichen, leicht orientalisch wirkenden Bäckereifräulein. Die Oma hatte jedoch offenbar vergessen, ihr Hörgerät einzustöpseln und redete beständig an dem höflichen Fräulein vorbei.

Das Fräulein stellte eine fachkundige Frage und erhielt eine unpassende Antwort.

„Bis wann brauchöt Sie die Torte?"

„Wissöt Sie...i hab Geburzztag!"

„Wie schön! Vorher gratulierö darf ma ja net! (Bezauberndes mädchenhaftes Gelächter) Und wann isch es so weit?"

„I werd fünfoachzg! No kommd dr Bür'germoi'sch'dr!" Ich werde 85. Da kommt der Bürgermeister!

(Das Trossinger Schwäbisch klingt zuweilen wie ein hängendes Tonbändchen: Dort wo ich die kleinen Häkchen in das Wort Bürgermeister eingebastelt habe, stockt der Trossinger eine Mikrosekunde lang, bevor er das Wort fortführt.)

Nachdem ich mir mein Sackerl mit duftenden Brötchen hab füllen lassen, kaufte ich mir bei Woolworth eine neue Jogginghose - und was für eine schöne! Eine silbergraue, so wie Ming eine trägt, und sahneweiße Söckchen noch hinzu. Meine spinatgrüne Hos hat ausgedient, so wie wir wahrscheinlich alle eines Tages ausgedient haben werden.

In unserem Innenhof traf ich meine liebgewonnene Nachbarin Sabine wohl zum allerletzten Mal im Leben. Sie ist bereits weggezogen und war nur nochmals gekommen, um zusammen mit hilfreichen Freunden ein paar verbliebene Möbelstücke abzuholen.

Dem letzten Aufeinandertreffen in diesem irdischen Leben haftete so gar nichts Besonders an. Wir sagten nichts Spezielles. Ich stand ein wenig unschlüssig auf der Treppe, weil ich gemeint habe, sie mache vielleicht noch ein paar Abschiedsworte, die eine verdeckte Kernbotschaft jener Art umranken würden, daß man sich doch mal besuchen solle! Doch inmitten der kleinen Herde stieg sie nur in den Keller hinab und hatte anderes im Kopf.

Mittags widmete ich mich dem Tonmeister Rost, und schrieb ihm gar ein zärtliches kleines Brieflein als Dank für seine Mühen, meine Bach-Sonaten zusammenzuschneiden. „Die Schnitte sind allesamt gut verheilt," humörlte ich weltfremd und doch rührend, so daß man aus mir nicht ganz schlau wird, „bis auf einen: Ein nackter Schnitt, der selbst einem gänzlich unmusikalischen Menschen sauer aufstoßen könnte, und dies inmitten eines unterhaltsamen Tanzsatzes!" Doch dies klang, wie ich hoffte, weder anklagend noch vorwurfsvoll – sondern lediglich neckisch und lustig.

Ich schnürte den Brief und die entsprechende CD zu einem Päckchen zusammen und schickte mich an, selbiges hinfortzubringen, wenn auch in häßlich schwüler Wetterlage unter diesigen Wolkengebilden auf einem nicht eben kurzen Weg.

Die Gegend, wo Herr Rost mit seiner Frau Bettina sehr im Glücke wohnt, liegt am anderen Ende der Stadt: In einer Seitenader der Schwarzwaldstraße, wo das Studentenheim steht, in dem ich zu Beginn meines Studiums ein ganzes Semester lang gewohnt habe.

Die Zimmer waren etwas eng und hinzu äußerst karg möbliert, aber die Aussicht durch das große, meist blankgeputzte Fenster über meinem Schreibtisch gefiel: Man blickte über ein güldenes Feld hinweg mitten in den Wald mit seinen verknorzelten Bäumen und all seinen Geheimnissen hinein.

Wenn es nach mir gegangen wäre, so würde ich noch heut dort wohnen, überlegte ich, da ich nicht so gerne umziehe.

Herr Rost lebt in einer Reihenhaushälfte. Auf mein zaghaftes Läuten reagierte niemand. Ich stopfte das Päckchen in den Briefkasten und füllte selbigen damit vollkommen aus.

Am Ende sind die Eheleute eine Woche lang verreist, wichtige Briefe passen nicht mehr in den Kasten, der grenzdebile Postbote legt sie unter die Hausmatte, worunter sich der Schlüssel befindet. Mit klammen Gefühlen nimmt er den Schlüssel an sich, und ohne daß er dies möchte, bilden sich in seinem Kopf Ideen, was sich damit nun wohl alles anstellen ließe. („Will ich denn wirklich als Briefträger enden???" Kurz dachte ich einfach mit *seinem* Kopf weiter... – *oder aber: Er gibt die Post bei der Nachbarin ab, die Nachbarin kann ihre Neugier nicht bezähmen, öffnet die Briefe unter heißem Wasserdampf und erfährt Geheimnisse, die sie besser nicht erfahren hätte!* Beim Weiterlaufen quollen die abenteuerlichsten Geschichten auf, doch wie man es auch dreht und wendet: Unbescholtene Bürger werden in Versuchungen geführt, die zu nichts Gutem führen, und all dies ist meine Schuld.

Am Roten Türmle versuchte ein LKW-Fahrer mich dazu zu bewegen in sein Auto zu steigen. Ich sei genau sein Typ, ließ er wissen und öffnete gar die Beifahrertüre. Doch ich lief zielstrebig, fast verdrossen weiter. „Du nicht mitkomme?" rief er mir aufdringlich hinterher, „warum? Wo du wohne??" Vor mir lief eine zierliche, gebräunte, federleichte und eingeschnurrte Dame ebenso zielstrebig ins Nirgendwo - scheinbar nicht wissend, wohin mit sich.

Um zwanzig vor fünf stieg ich erstmals freudig in die neuen Trainingsbüx, um darin loszujoggen.
Mittlerweile gibt es die ersten Äpfel. Genußfreudig zupfte ich einen kleinen grünen, den mir ein weit ausschwingender Ast liebevoll zu servieren schien. Zwiefach bewunk ich mich sehr herzlich mit der Küchenhilfe Kornelia aus der Musikhochschule, die täglich dreimal mit ihrem vertrockneten Hunderest spazierengehen muß.

Um viertel nach neun machte ich Feierabend. Da es mir meine preußische Ader verbietet, einfach herumzusitzen und fernzuschauen, vertrieb ich mir den Abend auf Buzesart mit Telefonaten.

Um meine alte Freundin Mireille machte ich mir große Sorgen. Seit mehreren Wochen hebt niemand mehr den Telefonhörer in ihrer Wohnung ab. Ich habe das Gefühl, sie ist ein Opfer des Frankfurter Stadtwaldmörders geworden.

Außer von mir wird die Mireille von niemandem vermisst. Ihr Chef, der Doktor Nayman, hatte sie schon einmal wegen Langsamkeit gefeuert - den wird´s somit nicht groß genieren, wenn sie nicht mehr kommt. Die Liste jener, die auf Mireilles Pöstchen in der Arztpraxis spitz sind, ist lang.

Wohl aber erwischte ich Herrn Bloser, der leider sehr verschnupft klang.

„Fräulein König, ich rufe Sie zurück!" rief er wie alle Tage und legte eilig auf, da er es nicht so gerne sieht, daß die Studenten mit ihrem welken Börsel unnötig Geld ausgeben. Augenblicklich rief er auf seine Kosten zurück, und wir plauderten zirka 35 Minuten lang.

Herr Bloser erzählte, daß seine Eltern nun in der Seniorenresidenz in Öschlbronn leben, und wer weiß? Vielleicht war Vati Bloser in unserem Konzert?

Wir sprachen ein wenig über das Eremitendasein, das wir beide zur Zeit führen, und ich kann mir nicht denken, daß sich daran jemals etwas ändern soll, zumal ich das gar nicht wirklich will.

„Da müsste man schon bis zum Wahn verliebt sein!" sagte ich, „und aus diesem Alter sind wir nun weiß Gott heraus. Ich habe meine Musik, und die ist immer für mich da: Zum Beispiel die erste Symphonie oder aber die Haydn-Variationen von Brahms."

Mittwoch, 2. September

Vernebelt und trüb. Nachmittags zeitweise Regen

Heut träumte mir *vom Meer: Ich stieg in grünlich warmes Wasser und genoss das Naturbehagen. Bloß klebte mir hernach eine sonderbare Meeresschnecke am Fuß, die sich gar nicht mehr abstreifen ließ, so daß ich mit diesem Fuß nicht mehr auftreten konnte, da sonst das kostbare und filigrane Schneckengehäuse auf unschöne Weise zersplittert wäre.*

Dann lief ich am Abend mit Rehlein und Ming an jener Stelle vorbei, wo die Auricher Kreuzstraßen Pizzeria steht.

„Ein sehr nettes Lokal!" sagte ich auf Buzesart warm, und so begab sich Rehlein mit uns Kindern hinein. Innen blies Hans-Martin Linde für die Gäste ein Konzert auf der Flöte, doch das Klappern der Geschirre und das Geschabe auf den Tellern störte den sensiblen Musiker. Nach einer Weile gebärdete er sich wie Arnold Schwarzenegger, bließ mit entblößtem Oberkörper weiter und ließ währenddessen die Muskeln spielen.

„Reines Imponiergehabe!" sprach Rehlein in einer Weise über den Musiker, als psychologisiere man über einen Gorilla im Zoo.

Nachdem wir das Lokal verlassen hatten, weil Rehlein sich von dem Imponiergebe befremdet fühlte, erhob ich mich in einen leider schon wieder graubedeckten Tag hinein, an dem die Wolkenmasse still zu stehen schien, so daß keinerlei Wetterverbesserung zu erwarten war.

Zum Frühstück schaute ich ein Diana-Video mit dem Titel **Die Geheimnisse der Todesnacht.**

Man rekonstruierte den letzten Tag im Leben von Dodi und Di:

Nach einem Besuch im Hotel Ritz befand man sich auf dem Wege in Dodis Wohnung, und Dodis Wohnung schaute so prunkvoll aus, daß man hätte toll werden mögen. Besonders einprägsam schienen mir die beiden, wahrscheinlich vorgewärmten, sahneweißen und appetitlichen Baderöcke, die maßgeschneidert an der Wand im Badepalast hingen. Eigentlich wartete auf Di und Do ein fast schon paradiesisches Leben, und nun ist es eben ein ganz paradiesisches geworden.

Und doch hatte das jähe Lebensende im Tunnel die dramatische Kraft einer Brahms Symphonie.

Überraschenderweise rief Herr Bloser erneut an. Er wolle seinen alten Vater fragen, ob er wohl unser Konzert besucht habe? Eine Frage, die uns beiden, wenn auch aus unterschiedlichen Gründen heraus, Bauchgrimmen bereitete.

Was, wenn der Vater, selber Pianist, Klavierlehrer und Dirigent - in seinem Metier ein kritischer alter Fuchs wie der Opa - Worte findet wie diese hier: „Eine entsetzliche Pianistin! Geigerin hat Talent und doch auch gewisse Mängel…" Andererseits wäre es aber auch eine Enttäuschung, wenn er nicht dagewesen oder es gar vergessen hätte. So mußte ich

Herrn Bloser allerlei pikante Details offenbaren: Zum Beispiel auch, wie die Pianistin geheißen habe?

Den ersten Satz von der zweiten Ysaye Sonate habe ich heut auswendig gelernt. Nun muß er nur noch Patina ansetzen, und dies geht wohl am besten, wenn man das Werk im Geiste jemandem vorspielt, und die Latte dieser imaginären Jemands immer höher schraubt: Als erste Kandidatin - Stufe I, weil sie ja eh immer alles gut findet - mußte die Mireille herhalten, von der ich nicht einmal weiß, ob sie überhaupt noch lebt.

Mittags bereitete ich mir ein Hirsegericht mit Gemüse zu und schaute „Wallfahrt zu Diana". Eine Herde rührender älterer Damen fuhr im Bus zu allerlei Stationen in Dianas Leben. Ob ich vielleicht auch mal so eine Kultfigur werde? hoffte und frohlockte ich. Ob sich die Touristen dann plötzlich für das scheinbar so unscheinbare graue Mietshaus in der Eberhardstraße in Trossingen interessieren würden?

Um 16.45 stürmte ich zum Joggen auf.
Zweierlei an meinem stupiden Herumgejogge, das in erster Linie dem Zwecke dienen soll, meinen üppigen Pfunden zu Leibe zu rücken, hat sich geändert: 1.) die schmucke graue Hose und 2.) daß ich vor den Apfelbäumen sehnsuchtsvoll innehalte.
Auf einen grünen Apfel robbte sich soeben eine Nacktschnecke drauf und meldete Besitzansprüche

an. Ich griff mir den Apfel, dem Opa nicht unähnelnd, trotzdem. Dann wusch ich ihn in einem Brunnen am Wegesrand und aß ihn auf.

Dort, wo der wütende Hund lebt, der immer so heimtückisch, wie aus dem Nichts heraus keifend loskläfft, wenn man an seinem Haus vorbeiläuft, wollte ich den Apfelbuzen über die Hecke werfen. Auf diesen Hund habe ich einen Hass, und stellte mir nun genüsslich vor, *wie er vor Zorn fast platzt, wenn man ihm den Apfelbuzen an den Kopf wirft und ihn dabei empfindlich an der Nase trifft. Er wird zum fanatischen Moslem, der sich eine Schmähung über den Mohammed anhören muß, nimmt eine drohende Gebärde ein und fletscht die Zähne.* Aber dann traute ich mich doch nicht.

Ich war sehr einsam, und als das Telefon mal aufschrillte, bin ich hingeschnellt wie Opas Helferin Frau Moser in Wiener Neustadt. Es handelte sich jedoch nur um einen Vermögensberater, der nicht mich, sondern lediglich mein vermeintliches Vermögen im Visier hatte. Ich war aber trotzdem nett zu ihm, obwohl ich durchsickern ließ, daß dies nicht mein Thema sei.

Am späten Nachmittag, als die leicht verheulte Dämmerung in die Dunkelheit hineinmündete, habe ich auf der Geige richtig geackert. Die vierte Seite vom Dvořák-Konzert stand auf der Agenda. Ich übte so lange, bis sie hieb- und stichfest saß.

Die schönen Sonnenblumen, die mir so viel Freude bereitet haben, standen nur wenige Tage nach dem Kauf bereits welk und verdörrt auf dem

Tisch herum: Wie Schüler, die einen wüsten Tadel über sich ergehen lassen mussten.

Ich hörte mir die Haydn-Variationen von Brahms an, und die eine unglaublich expandierende Tonleiter erinnerte mich an jene Stelle, als Mendel Singer* in Ergriffenheit die Arme so weit in die Höhe reckte, als wolle er den Himmel berühren.

*Im Roman „Hiob" von Joseph Roth

Donnerstag, 3. September

Regen. Verquollen und bewölkt.
Beim Joggen dunkle und hellgraue Quellbewölkung.
Nach einem intensiven Duschregen
lugte zärtlicher Sonnenschein
hinter den Wolkenbänken hervor

Im Traum *war Frau Kettler nach Ostfriesland gereist, und Rehlein erzählte am Telefon: „Die ist aber ganz schön aus dem Leim gegangen, seitdem ich sie das letzte Mal gesehen habe. Füfüüüüüjuuu!"* (Ein Pfiff Rehleins, der allerhand zu beinhalten pflegt) *Sie habe Geburtstag gehabt und trug ein weißes, nackenfreies Kleid, in dem sie einfach unmöglich ausgesehen habe. Wie Hefeteig, sei der speckige Nacken aus dem Kleidungsstück hervorgequollen und sah an einer Seite von der Sonne rotgebraten aus.*

„Weißt du, woran es liegt, daß alle meinen, sie habe eine tolle Figur...?" begann Rehlein bedeutsam und holte ein gerahmtes Gruppenfoto hervor. Mein Auge saugte bei dem kurzen Blick allerdings nur den verstaubten Tastenhengst

Mershanow auf, der neben einer mir unbekannten Babuschka saß.

„Tatjana Sergejewa!" murmelte Ming, der soeben aus Moskau zurückgekehrt war und seinen Mantel an den Haken hängte.

Ferner erzählte Rehlein, daß man gemeinsam mit Frau Kettler die frisch eröffnete Sauna in Sandhorst besucht habe.

Im wirklichen Leben hörte man bereits im Morgengrauen den Regen plätschern. Heute hätte ich auf Baltrum konzertieren müssen, doch die vielen Regengüsse haben den Sommergästen die Ferien gänzlich verdorben, und so sind die meisten enttäuscht wieder abgereist.

Und dennoch fühlte es sich erbärmlich an, nicht hingereist zu sein. Direkt ein wenig so, als sei heut der Geburtstermin, doch man habe zuvor abgetrieben, weil das Kind nicht ins Lebenskonzept passte.

Jetzt konnte ich Frau Kettler verstehen: Ihr Lebtag lang hat sie sich gewünscht, mal zu einem richtig schönen Konzert in wunderbarem Ambiente vor interessiertem und erlesenem Publikum eingeladen zu werden, und eines Tages war es so weit: Ein ehemaliger Student war zum Intendant eines Musikfestivals emporgestiegen und hatte sich auf seine alte Lehrerin besonnen. Doch Frau Kettler hatte das Klavierspiel schleifen lassen und konnte nicht mehr an die Qualitäten junger Jahre anknüpfen. Nach einer durchwachten Nacht sagte sie das Konzert kurzerhand ab und hat sich nicht mehr von dieser Schmach erholt. Ekel und Abscheu vor sich selber bestimmen fortan ihr Leben.

Ich spielte Musik-Roulette, indem ich die drei unbeschrifteten Kassetten mischte, die ich gestern in der Hochschule mit Meisterwerken hab vollaufen lassen. Mit bebenden Gefühlen der Spannung legte ich eine ein - nicht wissend, was mich nun erwartet. Die zweite Symphonie von Brahms brandete auf. Zu Beginn dachte ich noch: „Das kann doch kein erster Satz sein??" Aber nach einer Weile ertönte dann doch jene charakteristische Stelle, die den Hörer in einen Empfindungsstudel saugen möchte: Die drei ersten aufsteigenden Töne einer Tonleiter in Zigeuner-Moll und eine lange Quint wieder hinab. Eine Stelle, die ich von Mireilles Kassette bereits gekannt habe.

„Damals, als die Mireille noch gelebt hat!" bin ich mittlerweile schon so weit zu denken, denn die Mireille in Frankfurt ist einfach spurlos verschwunden.

Natürlich habe ich mir einige Theorien zurechtgelegt, was aus ihr geworden oder wo sie verblieben sein könnte: Am wahrscheinlichsten scheint mir, daß sie Opfer des Frankfurter Vorstadtwürgers geworden ist, der bereits die Sekretärin Britta P. auf dem Gewissen hat. Vielleicht aber auch des Frankfurter Stadtwaldmörders, der die Stewardess Karin Holtz-Kacer ermordet hat. Eine Dame, die sehr gerne wanderte, um ihr anstrengendes und unerfreuliches Leben eine Weile lang hinter sich zu lassen. Doch auf einer ihrer Wanderungen begegnete sie ihrem Mörder, der ein unglaublich schlechter Mensch sein soll. Spaziergänger, die ihm aller Wahrscheinlichkeit nach begegnet sind, berichteten von einem derart bösen Ausdruck auf seinem Gesicht, daß ihnen ganz kalt geworden sei.

Aber natürlich böten sich auch etwas weniger dramatische Theorien zu Mireilles Verbleib an: Vielleicht wurde sie von Mutti Annerose nach Thailand zurückgepfiffen? *Oder aber, es ist alles beim Alten: Tag für Tag nimmt sie sich vor, sich mal zu melden, aber immer kommt ihr etwas dazwischen und so vergehen die Jahre.* Eigentlich hatten wir uns am 20. Juni 1990 zusammen mit Herrn Reimer und Frau Kettler vorgenommen, uns heut in dreißig Jahren, sprich, dem 20. Juni 2020, um Punkt 18 Uhr auf Gleis 1 des Ulmer Hauptbahnhofs zu treffen.

Ich reise hin und muß lesen: „Gleis 1 ist gesperrt".

Dann versickere ich wieder im Menschengewühl. Enttäuscht und traurig.

Beim allmorgendlichen Weg in die Bäckerei mußte ich sogar den Schirm aufspannen. Der Regen trommelte darauf herum, ich lief dahin und malte mir aus, daß *es im hohen Alter von über achtzig Jahren doch noch ein Wiedersehen mit der Mireille gibt. Wir schreiben den 13. Juni 2046:*

In meinem Kasten liegt ein Brief:

„Liebe Jasmine* (Während eines Urlaubs zu dritt in Japan im Jahre 1994 hat die Mireille Ming und mich kurzerhand umbenannt, da sie unserer Namen

überdrüssig geworden war: Jean-Claude und Jasmine. (Schoou Kloood und Tschasmöa). Namen, die sich Gerhard Polt für die Kinder einer bayrischen Familie ausgedacht hatte.) *Schlage mich! Erst heute komme ich dazu, mich wieder zu melden. Irgendwann war einfach zu viel Zeit vergangen, so daß es mir letztendlich doch lieber gewesen wäre, Du hieltest mich für tot. Nun aber, da sich die einst von Udo Jürgens so kunstvoll besungene Ziellinie des Lebens zeigt...*

Ich lebe seit geraumer Zeit wieder in Deutschland und würde mich freuen, wenn wir das Treffen in Ulm mit einer 26-jährigen Verspätung nun doch noch nachholen könnten. Herr Reimer und Frau Kettler liegen mit Sicherheit schon seit Jahren auf dem Gottesacker, und wenn nicht, so dörren sie womöglich in einer Seniorenresidenz ihrem Ende entgegen. Wenn ich es recht bedenke, müsste Herr Reimer bis dahin 105 Jahre alt sein – wenn auch gerade erst geworden. Ich erinnere, daß er im Juni seinen Geburtstag zu feiern pflegte. Aber auch Frau Kettler dürfte sich bereits in ihren Neunzigern befinden.

Langer Rede kurzer Sinn: Heut in einer Woche warte ich um Punkt 18 Uhr auf Gleis 1 des Ulmer Hauptbahnhofs. Bitte enttäusche mich nicht und komme! Gewiss gibt es Romane zu erzählen! Einen herzlichen Gruß von Mireille.

Ich brachte mein Kleid zur Reinigung und verstand mich wunderbar mit der mütterlichen Reinigungsfee. Ansonsten aber fühle ich mich von Feinden umgeben, sobald ich das Haus verlasse.

Beim Joggen zur Nachmittagsstund ereilte mich genau jene Ärgerlichkeit, die mich in diesem Jahr schon öfters ereilt hat. Ich wurde nassgeduscht. Ein prasselnder Regen! Petrus hatte den Duschhahn wieder mal bis zum Anschlag aufgedreht. Mein roter Pullover war hernach so nass, daß er sogar ausgewrungen werden mußte.

Daheim nahm ich ein heißes Wannenbad und stellte mich geistig auf die Krögers ein, die ich in einer lächerlichen Röllchenfrisur empfangen mußte.

Inzwischen schien wieder strahlend die Sonne und die Wetterlage erinnerte im Nachhinein an ein plärrendes Kleinkind, das nicht aufhört zu jammern und zu lärmen, und wenn man schließlich beim Arzt eintrifft, strahlt es den Arzt plötzlich an.

„Was haben Sie für schöne Zähne!" empfing ich Mutti Kröger freudestrahlend, da Frau Kröger sich von fachkundiger Hand die Zähne hatte richten lassen.

Der kleine Matthias war bis unter die Haarwurz mit frischen Eindrücken von Wien befüllt. Unsere Gespräche modulierten ein wenig von Wien hinweg, über die vergrätzten Professoren und die saure Zeit als Zivildienstleistender, die womöglich auf den armen Knaben wartet.

Leider hab ich heute nicht so toll unterrichtet, wie ich kann. Ich hatte einfach keinen Nerv, die staksige Wiedergabe von Mozarts Violinkonzert KV 218 zu entstaksisieren. Um Punkt 18 Uhr sagte ich: „Dann wollen sie jetzt aufhören, dich zu peinigen!"

„Na geh!" sagte der Matthias so süß, weil das Wienerische bereits ein wenig auf ihn abgefärbt hat.

Fast den ganzen Abend lang habe ich geübt, weil ich unbedingt die geplanten vier Stunden vollbekommen wollte.

Nach 20 Uhr kam ein sehr lieber Anruf von der Hilde. Die Hilde hatte die Ferien, auf die sie sich doch schon so gefreut hatte, vorwiegend in Köln und Bonn verbracht. Nichts gegen diese Orte, doch das Wetter, das sich drübergestülpt hatte, sei leider so doof gewesen. *Wie das Wetter heutzutage bezeichnet wird? Als „genial" oder „doof"* wunderte ich mich – sagte jedoch nichts.

Über den Omar als Baskettballspieler sei eine sehr schlechte Kritik in der Zeitung gestanden, der zu entnehmen war, daß er sich nicht sonderlich angestrengt habe. Für einen Pianisten wäre beides schlecht: „Der Pianist spielte sehr angestrengt", oder: „Der Pianist strengte sich nicht sehr an!"

„Ich dachte, er sei so gut?!" sagte ich enttäuscht.

„Ja, das dachte ich auch!"

Den Abend verbrachte ich einsam im „Milano". Ich orderte mir eine kleine Pizza und las in der „Bunten" über Harald Juhnke, der ein ganzes Jahr lang die Finger vom Alkohol gelassen habe. Erinnert dies nicht an einen gewissen Jemand? Den Prof. Hahmann, der aus einer jähen Angst um seine Gesundheit heraus an seinem 60. Geburtstag beschlossen hatte, nie wieder einen Tropfen Alkohol anzurühren. Schon am Geburtstag selber trank der sonst so Hebefreudige nur O-Saft, so daß die Gäste ein wenig enttäuscht waren. Um ihn herum lösten sich die Zungen, die Gäste wurden heiterer und heiterer und nur der Jubilator selber blieb sachlich-neutral.

Freitag, 4. September
Trossingen - Schwende bei Appenzell (Schweiz)

In Trossingen Mekka-schön.
In der Schweiz bleich
und schließlich setzte Nieselwetter ein
wie in Nikko/Japan
(einem Ort,
der für den Regen wie geschaffen scheint)

Im Morgengrauen schrieb ich einen Brief an die Margarethe, der mir sehr geschmeidig von der Hand ging, nachdem ich doch seit Tagen so lebe, wie jemand, der keine Hausaufgaben gemacht hat. Ich dankte ihr für das Gedicht an oder über ihren Fahrlehrer Jürgen, das sie mir geschickt hatte.

„Weiß er überhaupt, wer da neben ihm sitzt?" zeigte ich mich interessiert.

Dann begann ich mich aufs Frühstück vorzufreuen. Ich trat vors Haus, und in den Lüften hallte das Gekeife einer erbosten Italienerin, die bei uns im Hause lebt.

Das Wetter war schön wie in Mekka.

Heute suchte ich zur Abwechslung mal die untere Bäckerei auf, auch wenn die Seniorin von morgen in mir spürte, daß dies gegen ihre Gewohnheit und ihr somit gegen die Hutschnur ging.

„Leider machen Sie kein großes Geschäft mit mir!" scherzte ich die etwas bäurische und doch auch lehrerinnenhaft wirkende Verkäuferin an und lachte dazu lustig wie der Opa.

Auf den vielen verworrenen Pfaden, worauf ich mein Leben abschreite, bildet sich dichtes Gestrüpp in Form von Ästen und Zweigen an Ideen, was man sonst noch tun könnte, so daß es mir zuweilen schwerfällt bei der Sache zu bleiben. Tausende an Ideen die aufquellen verstopfen sich so quasi selber den Weg zur Entfaltung. Zum Beispiel stellte ich mir vor, wie ich Buzen den frisch erarbeiteten ersten Satz von der ersten Ysaye-Sonate durch's Telefon vorspiele. Daß man kein flatterndes Umblättergeräusch wahrnimmt sei der Beweis, daß ich auswendig spiele.

Dem Opa nicht unähnelnd habe ich mir jetzt angewöhnt, alle Gedanken und Geistesblitze auf Karteikärtchen zu notieren, so daß jetzt bei mir überall Karteikärtchen herumliegen.

Ich überlegte mir Folgendes: Wenn ich Herrn Scherließ jetzt noch ein paarmal schrübe und nie eine Antwort erhalte? Was sich daraus wohl erwüchse? Gesetzt den Fall, er würde mich irgendwo auf der Welt plötzlich aufschimmern sehen? Dann wäre er doch gezwungen, vorher rasch abzubiegen?

Und wenn wir uns plötzlich in einem Konzert träfen? Dann müsste er sich doch wahrscheinlich ducken?

Daheim rief ich die Hilde an und konnte sie glücklich als Wanderpartnerin gewinnen.

„Wir fahren nach Neckartenzlingen und fragen Herrn Bloser, ob er mit uns wandern geht!" schlug ich lose vor. Herr Bloser ginge nicht so gerne mit einer vereinzelten Dame wandern, weil er es schon vorauszuahnen glaubt, wie sich am Abend beim Wein die Lippen zum Kuss treffen - und Herr Bloser möchte sich doch auf keinen Fall binden! Dies schaffe nur Scherereien.

Dann bin ich die ganze Zeit nicht mehr zum Üben gekommen, da ich ab halb eins mit der Hilde rechnen solle. Ich fieberte dem Besuch entgegen und ließ mich dazu von der Brahms Symphonie Nr. 3 einhüllen. Auf meinem Kühlschrank lagen zwei Äpfel, und der eine angebissene schaute aus, als würde er empört und aufdringlich auf den anderen einschwatzen.

Als die Hilde sodann mit einstündiger Verspätung endlich eintraf, hatte ich von Anfang an nicht den richtigen Draht zu ihr. Besonders befremdet war ich, daß sie auf die schöne Musik kaum reagierte. Die göttlichen Klänge schienen an ihr abzuperlen, als handele es sich um den Lärm der Müllabfuhr. Ich beschloss aber, mich nicht verdrießen zu lassen, und dann fuhren wir zusammen in die Schweiz. Erst kurz vor der Schweizer Grenze fiel mir ein, daß ich in der

Schweiz nie so richtig heimisch geworden bin. Dort fühle ich mich eigentlich immer fehl am Platz und die Worte von Ludwig Thomas Tante Theres steigen mir in den Sinn: „Bleibe im Lande und nähre dich redlich!" Aber schon *vor* der Schweizer Grenze, begann es mir nicht so gut zu gefallen. Vorallem die Gegend um Singen herum empfand ich als äußerst unschön zersiedelt.

Auf der Rückbank lag der frischgekaufte „Spiegel", da sich die Hilde auf die bevorstehenden Wahlen gut vorbereiten möchte, zumal überall das Bildnis von Gerhard Schröder zu sehen war.

„Stell dir vor, du wärst die Neue an seiner Seite!" scherzte ich lahm, da es sich letztendlich um einen substanzlosen Scherz handelte. Die Hilde liebt nur einen: Buz!

„Wolfram König ist der einzige Mann, den ich je geliebt habe!"

Ein Satz, der in ihrem Inneren brodelt und sich gegen alle halbherzigen Niederknüppelungsversuche wacker aufzulehnen pflegt.

In Frauenfeld, einer sehr hübschen, aber etwas anämisch und bleich wirkenden Stadt, machten wir Station. Die Blässe rührte daher, daß das zuvor noch mekkaschöne Wetter plötzlich erbleicht war und in der Schweiz wirkt alles so lautlos, als habe man sein Gehör verloren oder aber zumindest so, als habe jemand den Ton abgestellt.

Wir mussten Geld wechseln und standen sehr lange in einer kleinen Bankfiliale am Wegesrand herum.

Zuerst standen wir wie festgenagelt in einer Reihe, wo es einfach nicht vorwärts ging, und als ich endlich drankam, und der Bankdame soeben neckisch wie der Opa, einen Hundertmarkschein an ihr Namensschild vor dem Guckkästerli schmiegte, bat mich jemand aus der anderen Reihe um mehr Diskretion, da die Schweizer, wie man weiß, die Neigung haben, einen gerne mit plumpen Worten vor den Kopf zu stoßen. Schließlich und endlich wurden wir sehr gut von Nicole Schmutz bedient. Bloß hat es gleich fünf Franken Bearbeitungsgebühr gekostet.

In der Fußgängerzone zupfte ein Herr so dröge und autistisch auf einer Äolsharfe vor sich hin, daß man sich gar nicht vorstellen konnte, daß er den Vorpeipromenierenden überhaupt auffiel. Viel wahrscheinlicher schien mir, daß ihm vielleicht ein Kantonspolizist hundert Franken Strafe für ungenehmigtes Lärmen abzapft.

Wir steuerten ein Caféhaus an, in dessen zweitem Stock ganz viele Frisöre arbeiteten. „Grüezi!" sagten sie alle so nett, doch ich hatte „WC" verstanden.

Ich trank einen Eiscafé und die Hilde schenkte mir so nett das kleine Praliné, das bei ihrem Mokka im Preis mit inbegriffen war.

Auf der Weiterfahrt war dann die Stimmung viel angenehmer, daß sich direkt Behagen ausgebreitet hat. Auch die Schweiz gefiel mir plötzlich besser.

Die Hilde erzählte von ihrer Kusine, die zwei Kinder habe. Dann fand sie einen neuen Freund mit

zwei „extra-doofen" Kindern, wie die Hilde leicht
kinderfeindlich bemerkte.

Ich erfuhr, daß Hildes Schwester Gisela nieder-
gekommen sei: Ein Mägdelein, geboren am 4. Juli,
und streute wiederum meinerseits ein kleines, aber
einfühlsames Portrait von Gerlinds kleiner Tochter
Gesine und ihrer sonnenblumenfarbenen Frisur ein.

Die kleine Gesine ist ihrer Mutti das Liebste auf
der ganzen Welt.

Wir erreichten Appenzell und hielten eine kleine
Rast ab. In einem Laden durfte man gar kleine
Appenzeller Käsestückchen naschen.

Wir kauften eine Wanderkarte und erfuhren, daß
es eine entlegene Jugendherberge gibt, wo nie etwas
los sei. Die Beschreibung erinnerte mich an Bates
Motel in „Psycho". Alle paar Monate verirrt sich mal
jemand dort hin.

Die Hilde hatte damit geliebäugelt zu zelten, aber
nun regnete es, und so waren wir froh über die
Jugendherberge. Falls es vielleicht ganz entsetzlich
würde, so dachte ich, könnte ich mir ja vorstellen,
wir seien zwei Lebenslängliche, die mit einer Zelle
Vorlieb nehmen müssen, die ihnen geboten wird.

Dann erwies sich die Herberge aber doch als
passend und gemütlich.

Wir wurden von einer alten Dame per Hand-
schlag willkommen geheißen und waren die einzigen
Gäste. Im Obergeschoss war alles voller Mat-
ratzenlager, und wir durften uns einfach ein
passendes Schlafeck aussuchen.

Hilde und ich stiegen anhand der Wanderkarte in die Berge. Die Strecken waren mit Minutenangaben verzeichnet. Es hat ausgeschaut wie in meinen Petrus & Gott- Geschichten (schön wie im Traum), und zu Beginn war die Wanderung sehr schweißtreibend, da es so überaus steil in die Höhe ging. Etwas, was „währenddessen" anstrengend, so jedoch in der Retrospektive ein Hochgenuss ist. Unterwegs joggte ein junger Mann. Wie ein Pfeil flog er an uns vorbei. Ich malte mir aus, wie´s wohl wäre, sich ein Papierbötchen zu falten, und auf dem Wasserfall in die Tiefe rauschen zu lassen.

Es zeigten sich kantige weiße Felsen. Gelegentlich mussten wir den Schirm aufspannen, und dann kamen wir an einen traumhaft schön anzusehenden türkisfarbenen See, worin eine junge Ente oder gar verzauberte Prinzessin ihre Bahnen zog.

Der Heimmarsch zur Dämmerstund war dann erschreckend steil, aber gleichzeitig von magischer Schönheit geprägt. An einer Stelle stand eine freigrasende Kuh, so daß ich mir wegen dem roten Wams, in dem ich stak, Sorgen machen musste.

Den Abend verbrachten wir im Café Flade in Appenzell. Die Hilde hatte mir gerade die Beerdigung von ihrer Tante Ute geschildert, und nun war ich plötzlich schrecklich müd. Ich aß einen Zwiebelkuchen und die Hilde einen Wurstsalat. Im Caféhaus befand sich eine Vitrine mit goldenen Kuhglocken in den unterschiedlichsten Größen. Die

Großen kosten mehr als tausend Franken, doch da die meisten Schweizer steinreich sind, können sie sich dererlei problemlos leisten.

An unserer einsamen Jugendherberge rauscht ein kleines Bächlein vorbei. Beständig hört es sich an, als würde es regnen. Da der Abend noch jung war, setzten wir uns zunächst in die Gemeindeküche. Ich schrieb ins Tagebuch, und die Hilde studierte den *Spiegel.* Als ich zuende gedichtet und die Hilde zuende gelesen hatte, erzählte mir die Hilde einen Traum, den sie unlängst geträumt hatte: Buz (die Hilde nennt ihn natürlich Wolfram, da sie es schlicht entsetzlich findet, wenn Menschen mit einem Spitznamen versehen werden) habe einen öffentlichen Vortrag gehalten und so ungeheuer intellektuell geredet, daß die Hilde als Frau zwar nichts verstand, so jedoch außer sich vor Bewunderung war. Als er geendet hatte, habe sich der Omar aus dem Publikum gemeldet. Er stand auf, räusperte sich, wollte etwas sagen, fühlte alle Blicke auf sich gerichtet, und plötzlich fiel ihm gar nichts mehr ein. Die Hilde habe sich entsetzlich für ihn geschämt.

Samstag, 5. September
Schwende - St. Gallen – Trossingen

Das Wetter wirkte ungezogen, mißgestimmt und
sehr regnerisch.
Ganz selten mal etwas Sonnenschein
unter verquollenem Gewölk

Ich träumte, *daß Ming und Lindalein mich nach einem
Besuch in Bonn auf die Bahn brachten. Der Bahnhof schaute
völlig anders aus als im wahren Leben. Bereits in zwei
Minuten sollte der Zug einfahren und ich hatte überhaupt
nichts zu lesen für die lange Fahrt. Ming hatte vermeintlich
raffinierterweise meinen Koffer aufgegeben - doch darin befand
sich mein Tagebuch und hinzu vier fesselnde Romane, die ich
mir vom Munde abgespart und alle schon ein wenig angelesen
hatte. Doch als ich dann auf den Zug hastete, sah ich meinen
Koffer herrenlos auf dem Bahnsteig herumstehen. Obwohl der
Schaffner die Trillerpfeife bereits an den Lippen hielt und
Luft holte, klaubte ich in Friesenlogik und hinzu wilder Hast
die Bücher heraus, um hernach atemlos auf den bereits
anfahrenden Zug aufzuhüpfen. Traumesunlogik pur: Ich fuhr
von Bonn nach Bonn, indem ich nämlich nach einer
mehrstündigen Fahrt, während der ich mich abwechselnd in
die vier Romane vertieft hatte, wieder in Bonn eintraf. Ich war
nach Bonn gereist, da ich dort nämlich wohnte. Die Wände
meiner Wohnung waren mit historischen Fahrplänen
tapeziert. Fahrplänen aus dem alten China.*
    *In einer Zimmernische saßen an einem Tisch zwei junge
Leute: Ein Fräulein mit flammend dottergüldenen Locken,
die einen magischen Glanz verströmten, wie die im Untergang*

begriffene Sonne, und ein etwas kantiger junger Herr mit einem Balkenbärtchen auf der Oberlippe. Einmal flammte im Blick des jungen Herrn rasendste Eifersucht auf.

Und dann sah ich am Abend auf einem Grashügel die abtrünnige Professorengattin Frau Wachtenberg wieder. Sie befand sich inmitten einer Gästeschwemme, die soeben in den Abend hinaus verabschiedet wurde. Mittlerweile hatte sie ganz viele Sommersprossen und wirkte eingeschnurrt und irgendwie leidend, weil seit ihrer Scheidung niemand mehr auf die Idee gekommen war, sie mal zu besuchen oder gar einzuladen. Überraschend befand sich auch Rehlein inmitten der Gästeschwemme und begrüßte mich auf´s Überschwenglichste. Ich schmiegte mich in Rehleins warmen Busen und hatte das Gefühl „dies hier ist mein Platz auf Erden!"

Im wirklichen Leben war das liebliche Rauschen des Bächleins vor dem Fenster in einen handfesten Duschregen übergegangen. Auf geschwisterlicher Ebene plapperte ich auf die Hilde ein. Ich erzählte von der Jugendherberge in Nikko/Japan, in der Ming und ich vor knapp vier Jahren mit der Mireille residiert haben. Dort waren die Zimmer nach den Monaten benannt, und wir hatten uns im Zimmer „Oktober" einquartiert. Dort wurden wir alle nochmals jung.

Ich erzählte, wie wir uns auf infantilste Weise unter den aufgeplusterten Bettdecken verkrochen hatten und uns vorstellten, wir seien Schildkröten.

Unten wartete schon ein kleines Frühstück auf uns, doch die Hilde fühlte sich im Bett gerade so wohl, daß sie sich außerstande sah, dem Alltag entgegenzutreten.

Durch das Fenster konnte man sehen, wie die Regentropfen auf die spillerigen Gleise des Bimmelbähnchens trommelten.

Das schlichte, aber sehr herzhafte Frühtsück - knuffig aufgebauschtes Graubrot mit selbstgemachter Marmelade und Zitronenkuchen - mundete mir sehr, und auch die regentrübe Atmosphäre gefiel, da sie mich an die Schulzeit im Ofenbach meiner Kinderjahre erinnerte.

Hilde und ich sprachen über die CD, an der die Hilde nun bereits seit über einem Jahr herumbastelt, und die sich nicht so recht vom Fleck zu bewegen scheint. Eine große Gemeinsamkeit von Hilde und Buz ist eine latente Entscheidungsschwäche, die einen zuweilen - bildlich gesprochen - vom Pfade sinnvollen Tuns direkt ein wenig hinwegblendet, so als sei man unsichtbar geworden.

„Ich nehme vielleicht zwei Scarlatti-Sonaten auf — oder?"

Herr Ahrends würde anhand dieser laschen Einstellung lostoben und sich so schnell nicht wieder beruhigen. Vorallem als die Hilde davon sprach, daß sie die begonnenen Corelli-Variationen von Rachmaninoff in diesem Leben wohl nicht mehr hinbekommt.

„Dann muß man eben zwei Stunden früher aufstehen und so lang daran arbeiten bis sie sitzen!" ließ ich Herrn Ahrends in mir zu Wort kommen. Aber die vielen überreifen Zwölfjährigen beim Ettlinger Klavierwettbewerb, die bereits Liszt-Rhapsodien spielen, haben der Hilde den ganzen Mut genommen. „Für mich ist der Zug abgefahren!" sagte sie niedergeschlagen.

In der Jugendherberge können gut und gern acht Jugendliche übernachten, und die Hilde erzählte, daß der Omar aus einer Großfamilie käme. 15 Kinder! Von den jüngeren, nachgeborenen Geschwistern vergisst er zuweilen den Namen, da sie sich im Laufe der Jahre so sehr summiert haben, und er sie zum Teil noch gar nicht kennengelernt hat.

Nach einer Weile fuhren wir Richtung St. Gallen, einem Ort, dem die fabrikgraue Wetterlage nicht stand. Dort promenierten wir durch die Fußgänger-zone.

Folgendes erlebten wir: Eine Schuhschau (selten zu lesendes Wort asiatischer Färbung): Lebende Schaufensterpuppen trippelten hinter Glas und führten der Bevölkerung den neuesten Schrei auf dem Schuhmarkt vor. Schickes Hochhackiges in geschmackvollen Farben. Lackglänzend.

Wir liefen weiter und besuchten den Markt. Dort gab´s köstliche Äpfel und eine Drehorgeldame, die an einer originalen St. Gallener Drehorgel herum-drehte. Einer Orgel voller origineller Figürchen, die sich drehten: Zum Beispiel ein Herr, der beim Essen saß und sich irgendwelche Klopse in den Mund schaufelte.

An einem Käsestand kauften wir Appenzeller- und Schafskäse, und wegen dem Dauerregen waren wir gezwungen, die Köstlichkeiten im Auto zu picknicken. Hinterher lag über Hildes Wesen etwas undefinierbar Grämliches. Es wurmte sie, daß das Auto jetzt so sehr nach Käse müffelte.

Und dennoch wollte der Urlaubstag gestaltet sein:

Wir besuchten die St. Gallener Bibliothek, wo man die Füße samt Schuhen in übergroße Babuschen schieben mußte. Es kostete sieben Franken Eintritt pro Person, bloß daß man halt mucksmäuschenstill dort herumschleichen muß und nichts anfassen darf. Allerdings gab´s auch eine Mumie zu bestaunen.

Nach drei Uhr schickten wir uns an, Hildes Verwandte in der Hardungsstraße zu besuchen: Tante Ulrike und Onkel Rüdiger.

Jetzt, wo ich diese Zeilen niederschreibe (tief in der Nacht) stehe ich klaftertief in der Schuld der Verwandten, da ich ihnen nämlich das Geschirr zerdeppert habe. Beim Hinaustragen stolperte ich über die Türschwelle und das Geschirr spritze laut scheppernd über den Boden hinweg.

„Das ist jetzt wieder so eine typische Kikaleistung!" sagte die Hilde arrogäntlich und fassungslos.

Der Besuch selber war aber sehr nett. Die Tante war in ein luftiges T-Hemd mit einer glitzernden Kuh vorne drauf eingehüllt, so daß ein kleines Kind womöglich erfreut den Zeigefinger ausgefahren und „Muuuuh!" gerufen hätte. Ihre spitzzulaufenden länglichen Füße staken in der für die Familie van Lengen so charakteristischen Birkenstockschuhen. Die Wanne im Bad ist auf luxuriöse Weise mit

Massagevorrichtungen und Brauselöchern ausgestattet. Der Familie ist unlängst ein kleines Kätzlein zugelaufen und einen Sohn haben sie auch: den 31-jährigen Felix, der demnächst heiratet.

Wir aßen Zwetschgenkuchen mit Sahne und tranken Tee, sprachen über Japan und die Verwandtschaft. Hier war die Hilde wieder so richtig nett. Bald schon duschte es draußen weiter und dies, obwohl wir uns doch vorgenommen hatten, zu der netten Jugendherberge zurückzufahren, um weiter zu wandern. Aber schon heute Mittag hatte ich mich daran erinnert, daß es mit der Hilde meist nach eineinhalb Tagen anfängt doof zu werden, und so war's nun auch. Wir fuhren nach Trossingen zurück, und auf einmal lag eine leise Blockade zwischen uns. Am Anfang hatte die Hilde ein wenig den Pädagogischen drauf und fing damit an, daß die Leute das mit der Fotografiererei wahrscheinlich voll komisch fänden, (und dabei hatten sie doch belustigt darüber gelacht!). Es ging darum, daß ich seit vielen Jahren alle fünf Tage ein Foto in mein Tagebuch klebe, um dem Alter ein Schnippchen zu schlagen, da man nach fünf Tagen doch normalerweise genauso ausschaut, wie *vor* fünf Tagen.

Ich habe unter Hildes B-Seite die Tendenz, mich passiv und ruhig zu verhalten, um mich nicht zu ärgern.

Auf dem Heimweg wanderten wir noch ein wenig am Bodensee entlang, und die Himmelsbeleuchtung war so schön.

Doch in Hildes Gegenwart fühlte ich das selbe Unbehagen, wie Rehlein damals, als sie mit der Hilde nach Indien gereist ist, und Hildes unschöne B-Seite die Oberhand gewann. Am See konnte man immer nur ausrufen: „Schau mal wie schön!" oder dererlei. (Worte ohne Tiefgang). Auf der Weiterfahrt diskutierten wir auf Hildes ewiger „Kommt drauf an"-Basis um nichts.

Hilde: „Totale Harmonie wäre für mich total langweilig!"

Manchmal verstanden wir uns kurz besser, und dennoch begann ich mich langsam beklommen zu fühlen.

In Konstanz waren wir auch noch und schauten uns die lustige Skulptur mit der Dame an, die in der einen Hand den Papst und in der anderen den Kaiser hält. Zwei Gestalten, die sich je in eine platschige Kröte verwandelt zu haben schienen.

Die Hilde meinte leicht arrogäntlich, Leute in unserem Alter hätten eigentlich gar keine Zeit für Hobbys zu haben. Man muß schauen, wie man Geld verdient. Und dabei hat sie doch selber ein Hobby: Ihren Mohren und früher unseren Buz!

„Hoffentlich werden meine Kinder klug!" sagte sie und lachte auf verlegen-arrogäntliche Weise. Dann zählte sie auf, was sie alles nicht würde ertragen können: Zum Beispiel Unsportlichkeit. Das wäre noch schlimmer als Unmusikalität.

Auf der Heimfahrt erzählte sie mir lauter empörende Musikschulgeschichten und ich hatte keine Ahnung, was ich darauf erwidern sollte. Ich empfand einen leisen Graus beim Gedanken, die Hilde würde bei mir übernachten wollen, aber innerlich hatte ich mich schon ein wenig damit arrangiert.

Daheim kochte ich Spaghetti, und die Hilde kritisierte leicht überheblich an meiner Art Spaghetti zu kochen herum.

„Wie kochst du denn Spaghetti, ey?!?"

Beim Essen sprach sie dann davon, daß sie vielleicht doch lieber nach Stuttgart zurückfährt, weil sie seit neun Jahren nicht mehr in Trossingen übernachtet habe und sich vorgenommen hat, erst nach zehn Jahren wieder hier zu übernachten. Dazu lachte sie auf fremde Weise, da sie sehr mit ihrer Vergangenheitsbewältigung zu kämpfen hat.

Als die Hilde weg war, hätte ich eigentlich froh sein sollen, aber ich fühlte mich traurig und leer. Einsam und inkompatibel.

Sonntag, 6. September

Zunächst grünlich verquollen und bewölkt.
Dann lockerte es sich,
grad so wie meine Laune,
wieder auf

In der Nacht konnte ich nicht schlafen, weil ich nicht müde war und zudem von einer Selbstzerfleischungsdeprimose geplagt wurde. Es ärgerte mich maßlos, daß mein Seelenheil durch ein Gör wie die

Hilde so aus dem Lot gehebelt werden kann und gleichzeitig plagten mich undefinierbare Schuldgefühle.

Außerdem wehte mich die Einsamkeit an:

Klamm gestand ich mir ein, daß ich wohl für niemanden mehr der wichtigste Mensch auf Erden bin, und so knipste ich um halb zwei die Lampe wieder an und bereitete mir einen Schlaftee zu.

Erst nach drei Uhr löschte ich das Licht. Dann träumte ich *daß ich in einer Straße neben einer kleinen Backsteinkirche, wo soeben der Geistliche wie aus einer Spieluhr aus dem Portal trat, Steffi Graf traf, die mich freundschaftlich, wie unter Joggern üblich, antippte. Ob ich müffele? frug ich verschämt.*

Dies sei an einem solch heißen Tag wie dem heutigen erlaubt! antwortete die Steffi diplomatisch.

Als ich mich am Morgen erhob, ging es mir seelisch vielleicht ein bißchen besser, da ich ja nun eine Nacht lang über dem Hilden-Konflikt geschlafen hatte, und ich hoffe sehr, daß mir der Konflikt, wenn ich mal ein paar Nächte darüber geschlafen habe völlig wurst ist. Jetzt mußte ich mich erst mal wieder dran gewöhnen, daß ich wieder frei durchatmen kann. Man muß die beklemmende B-Seiten Aura von der Hilde, von der ja Rehlein aus Indien schon zu berichten gewußt hat, erstmal abstreifen. Das Gefühl, daß jeder Gedanke den man hat, erstmal mit feindlichen Gegengeschossen bedacht wird, so daß man vor sich selber quasi als Blödchen dasteht.

Ich trat in die verquollene Wetterlage hinaus, um die Bäckerei aufzusuchen. Auf dem kurzen Wege - vorbei an der überglasten Wandzeitung „Schwarzwälder Bote" - dachte ich darüber nach, daß ich der Hilde doch so nett angeboten hatte, Filme zu schauen, am Morgen auszuschlafen und dann ein wunderschönes Brötchenfrühstück zu genießen. Doch nichts davon hatte sie zum bleiben animieren können. Überhaupt ändert die Hilde wie ein Windrädchen beständig ihre Launen, - genau wie früher - und wirft damit meine ganzen Nachmieterthesen (alle sieben Jahre zieht ein neuer Mieter in die sterbliche Hülle ein) über den Haufen. Übrig bleibt nur die nackte A- und B-Seiten These.

Eigentlich weiß man gar nicht, was man der Hilde konkret vorwerfen solle, außer vielleicht, daß sie eine beklemmende Grämlichkeit ausströmt, in der jedes anzubringende Wort fehlplaziert wirken würde.

Das ist ja auch grad das Schmerzliche an vielen Streitereien: Man wirft seinem Gegenüber genetisch bedingte Unabänderlichkeiten vor.

Genausogut könnte man jemandem vorwerfen, daß er eine Glatze hat oder die Nase zu aufgeworfen trägt.

Ein kleiner Berg an Briefschulden hatte sich vor mir aufgetürmt, und ich bildete mir ein, daß es mir vielleicht seelisch besser gehen würde, wenn ich die ärgsten mal abgetragen habe. Ich schrieb der Veronika meinen ganzen Kummer über die Hilde von der Seele, und der Simone auch. Zunächst hatte ich gehofft, daß es mir, wenn ich´s erst niedergeschrieben hätt´, leichter ums Herz würde, und als dies nicht der Fall war, dachte ich wiederum, dies geschähe „sobald der Brief glücklich im Kasten gelandet sei". Doch beides zeigte keinerlei Wirkung. Wahrscheinlich ein Mechanismus wie beim Rasenmäherlärm des Nachbarn. Irgendwann ist er verstummt und man hat es gar nicht mitbekommen, wie der Lärm sich hinweggestohlen hat.

Dem Brief an die Simone legte ich ein wirklich entzückendes Foto bei, worauf die hübsche Colette im Sessel sitzt und das „Lindenstraßen-Kursbuch" studiert. Doch für das Foto hatte sie sich kurz von der Lektüre abgewandt, um mir und somit in späteren Jahren auch dem Fotobetrachter ein liebes Lächeln zu schenken.

„Der Professor würde sich wie unter Peitschenhieben krümmen, wenn er sähe, welche Lektüre die Colette früher bevorzugt hat, bevor er ihr den richtigen Weg wies," schrieb ich augenzwinkrig.

Wieder wurde ein Film über Lady Di gesendet: „Auf den Spuren von Prinzessin Diana" hieß er diesmal und handelte schon wieder von einer Butterfahrt. Ich finde die dicken Damen, die die Prinzessin so verehren ganz rührend, und mir zwängte sich gleich die Vorstellung auf, wie die Hilde fassungslos und arrogäntlich auf dererlei reagieren würde. Andererseits: Wenn *ich* fassungslos arrogäntlich darauf reagierte, würde sie sagen: „Kommt drauf an..." und irgendetwas Gegenpsychologisierendes von sich geben.

Heute joggte ich bereits recht früh, um den Sonntagnachmittag, der mir doch stets eine Kostbarkeit ist, hernach mit gemachten Hausaufgaben besser genießen zu können. Ich freute mich über eine leichte Wetterverbesserung: Das dichte Wolkengewebe war an einigen Stellen brüchig und porös geworden, kleine blassblaue Oasen blubberten unter zerrissenen Wolkenenden hervor, und schon gestern hatte ich der Hilde ja erzählt, daß sich das Wetter in Trossingen immer Mühe gäbe, sich zu verbessern.

In mildem Schwung stürmte ich an Ausflüglern aller Art vorbei Richtung See. Die Blicke geschärft für kleine Vorkömmmnisse, die sich hernach im Tagebuch verewigen ließen. Ein jovialer Senior, eheliche Hälfte eines reifen Pärchens, fragte eine Dame mit zwei Pudeln: „Beißen die?" und die Dame scherzte keck und gewagt: „Besonders gern betagte Herren mit gestreiftem Pullover!"

Hahaha... ein decrescendierend frohes Gelächter begleitete mich noch einige Meter auf meinem symbolischen Ritt auf dem Besen, wenn man so will.

Ich nahm die Abzweigung Richtung Tal, um von dort aus wieder in die Höhe zu schnellen.

In Mireilles verwaister ehemaliger Wohnung am Wegesrand waren sämtliche Jalousien herabgezogen. Ein Symbolbild für eine Dame, die aus der Hohnerstadt hinwegzog und nie wieder gesehen wurde. Ich nahm mir vor, ihr bei Gelegenheit zu schreiben, auch wenn ich mich bereits mit dem Gedanken vertraut gemacht habe, daß sie womöglich gar nicht mehr lebt.

Jene Stelle, wo sich Herr Reimer mir einst im Mondesschein erklärt hat, ist nun von Siedlungen für die Rußlanddeutschen bebaut worden, und hinter der Siedlung führt eine schlanke steile Treppe zum Friedhof, der seinerseits die mattgelbe Martin-Lutherkirche umschlingt.

Wieder dachte ich über Verschwundene nach: So manch ein Verschwundener dürfte dort vergraben sein, wo heut die Rußlanddeutschen leben, die sich nicht so recht mit der Grundbevölkerung mischen wollen - wie fremde Enten auf einem See.

An der Schelltankstelle stellte ich mir vor, wie es wohl so sei, im Gefängnis zu sitzen. Man arbeitet ein bißchen, spart was zusammen und alle zwei Wochen darf man einmal im Knastladen einkaufen. Und dieser Laden in meiner Fantasie schaute genau so aus, wie der Laden in der Schelltankstelle, wo man am Sonntag all das kaufen kann, was man am Wochenende vergessen hat. Aber was kauft man wohl im Knastladen? Eine Flasche Wein, um wenigstens am Abend die Sorgen ein wenig zu vergessen, ein paar Illustrierte in denen man schmökern kann, und vielleicht etwas zum knabbern? Nein, Alkohol ist im Knast verboten.

In der „Lindenstraße" ging´s heut heiß her: Lisas Klavierlehrerin Berta war im Konzert, und die verliebte Lisa wollte die Gunst der Stunde nutzen, um ihren Schwarm Hajo (Bertas Lebensgefährten) zu vernaschen. Unter dem dünnen Vorwand, sie habe ihre Noten vergessen, verschaffte sie sich Zutritt in die Wohnung. Sie mit ihren vernebelten Sinnen nannte den Hajo einfach „Johannes", da sich Fantasie und Realität vermischt hatten. Sie ließ die Hüllen fallen und der Hajo war außer sich vor Entsetzen, denn wie solle man das wohl erklären, mit einer entblößten Frau erwischt zu werden. („Schatz, es ist anders als du denkst!"??) Und während diese und ähnliche Gedanken noch durch seinen Kopf wirbelten, wurden die beiden von der Berta ertappt, da das Konzert wegen Interessensmangels aus-gefallen war.

„Raus!" schrie die Berta wie von Sinnen, „raus, und zwar alle beide!" (Mit Opas sprachlichem Feingefühl hätte sie eigentlich „naus!" rufen müssen, doch so gebildet ist die Berta leider nicht.)

Aber der Hajo war doch *wirklich* vollkommen unschuldig!

Im Grunde, so dachte ich anhand dieser Szene, die auch dem wahren Leben hätte entnommen sein können, sind doch viele Frauen ab und zu leicht irr – so auch die Hilde, als sie gestern sagte, es müssten erst zehn Jahre verstreichen, bevor sie wieder in Trossingen übernachten wird.

Am Abend erzählte ich dem süßesten Rehlein am Telefon brühwarm alles. Im Hintergrund übte Buz so bezaubernd auf seiner Violine, und ich bat Rehlein, Buz gegenüber Stillschweigen zu bewahren, da ihn dies nur traurig stimmen würde.

Rehlein berichtete stolz, daß Buz derzeit mit Feuereifer Schreibmaschine schreiben lernt. Meine Eltern liebe ich unendlich. „Ihr seid die größte Freude in meinem Leben!" sagte ich warm.

Abends schaute ich einen Knastfilm über Sven F., der, auf seinen Prozess wartend, dauernd Computerspiele spielte, statt in sich zu gehen, um sich zu bessern. Er und seine Kumpels hatten mit dem Pumpgun auf ein fahrendes Auto geschossen und einen Herrn getroffen, der infolgedessen starb. Dabei sollte es doch bloß ein Scherz sein!

„Freilich ein dummer Scherz!" wie Buzens taiwanesischer Jünger Franz zu sagen pflegt.

Mit den Eltern hat sich der junge Sünder so innig umarmt, als wolle er sie nach einem Rest Liebe, der vielleicht noch für ihn vorhanden war, auswringen, und als er dann nach dem Prozess überraschend gleich freikam, sagte der Vater: „Das schönste Geschenk zum Geburtstag. Ich werde nächste Woche fünfzig!" und wischte sich verstohlen eine Träne weg.

Montag, 7. September

Völlig verwölkt. Zur Mittagsstunde Regen

Im Morgengrauen schrieb ich einen Brief an die Mireille, die ich in diesem Schrieb auf ihr geheimnisvolles Verschwinden ansprach. Meine Besorgnis versteckte ich hinter Witzeleien und faselte etwas davon, daß ich Suchplakate mit ihrem Bildnis, das sie an der Seine in Paris zeigt, anfertigen lassen will. Ein Foto aus meiner Sammlung vom Paris Aufenthalt mit ihr und Ming im Jahre 1994, das - wie es mit Fotos von Verschwundenen ja generell ist - einen Beweis darstellt, daß es sie tatsächlich einmal gegeben hat. Über dem Foto solle stehen: **Mireille, wo bist Du??** oder aber **Mireille, komm nach Hause. Man kann doch über alles reden!**

„Oder kann man Dich mit meinem Konzert in Butzbach locken??" setzte ich den Brief auf gänzlich andere Weise fort. Wenn ich dann auf der Bühne stehe und spiele, so denke ich vielleicht: „Wenigstens *ein* Hörer ist gekommen. Meine treue Mireille!" Doch hinterher kann ich sie nirgends mehr finden. So, wie es uns im Konzert in Backemoor mit dem alten Beethoven ergangen ist, schrieb ich voller Poesie.

Mehrere wollen ihn gesehen haben. Er saß weit hinten, tief in seinen Mantel versunken. Doch hinterher war er verschwunden.

Beim Üben fiel mir eine längst vergessene Episode aus meinem langen Leben ein: Wie die Hilde mich dazu überreden wollte, mit ihr zusammen in ein Haus zu ziehen. Doch ich zierte mich, da ich mich in der WG im Tal sehr wohl, und mich Elfie und Valerie bereits familiär verbunden fühlte. Die Hilde wurde davon sehr sauertöpfisch.

Damals saß ich mit Buz und Hilde in einem Restaurant, und dem süßen Buz wäre es ein Herzensbedürfnis gewesen, der Hilde diesen Wunsch zu erfüllen. Mein

Papa hatte als Argument sogar angeführt, daß es sehr gut für mich wäre, in dieses Haus zu ziehen, weil es jenem in Aurich so ähnele, daß ich mich nicht extra umgewöhnen müsse.

Und diese Worte kamen nun aus dem Munde eines Jemanden, der ansonsten oftmals davon sprach, daß ich mich von der Mutter lösen und in die weite Welt hinaus entschwirren müsse, um zu neuen Ufern aufzubrechen.

Nun schauderte mich der Gedanke, damals fast mit der Hilde zusammengezogen zu sein, da ich prinzipiell nur ungern enttäusche. Wahrscheinlich wäre ich nach kürzester Zeit schwer krank geworden.

Wegen des zerdepperten Geschirrs in Sankt Gallen telefonierte ich heut eifrig herum. Ein Komplettset kostet fast 500 Mark, und dabei war es noch keinesfalls ein besonders schönes Geschirr. Ich malte mir aus, wie entsetzlich es gewesen wäre, wenn ich irgendwo das jahrhundertealte Familiengeschirr zerschmettert hätte, und sah spritzenden Splitter eines edlen Meißner-Porzellans vor meinem geistigen Auge.

Zur Abwechslung lebte ich heut mal ganz gesund. Ich lief in den Supermarkt und tat das, was für Hilde und Rehlein eine Selbstverständlichkeit ist: Ich kaufte Zutaten für einen schmackhaften Salat. Zum Beispiel eine frische Salatgurke. Etwas so köstliches, das ich in meinem Eremitendasein schon beinahe vergessen hätte, und einen ebenso schmackhaften Rettich.

Heut hatte ich in gewissem Sinne eine Pechsträhne: Es fing damit an, daß das Licht im Bad kaputt ging, und beim Kochen (neben dem Salat gab es auch noch Hirse mit Gemüse) kam es zu einem ärgerlichen Unfall: Der nur noch lose sitzende Deckel von meinem Herd krachte herab und schubbste den Topf mit dem siedenden Wasser zu Boden. Beinah hätte es somit einen Verbrühungssupergao gegeben. Mir war es jedoch gelungen, geschwinde zur Seite zu hupfen. Eine große dampfende Wasserlache gab es trotzdem zu beklagen.

Ich hatte mir auch noch ein kleines Journälchen gegönnt, in dem ich nun beim Essen schmökerte: Darin las ich, daß Prinz Charles Lady Di, jetzt wo sie verstorben ist, immer wieder ins Gespräch bringt. Er sagt Dinge wie: „Was hätte Diana jetzt für eine Freude gehabt!" oder: „Oh, dieser herrliche Sonnentag. Wie sehr hätte Diana ihn genossen!"

Um drei Uhr schaute ich mich suchend nach meinem Schirm um (vergebens), und verließ das Haus, um eine neue Glühbirne und ein leckeres Zwetschgendatschi zur Jausenstund zu besorgen.

Noch eine große Ärgerlichkeit: Ich scheine meinen schönen Monet-Schirm in Hildes Auto vergessen zu haben. Im Geiste sagte ich ganz locker zur Hilde: „Den wunderschönen Schirm, den mir meine so innigst geliebte, wunderbare Mama aus Paris mitgebracht hat!" Aber im wahren Leben dürfte man der Hilde so etwas nicht sagen, da sie empfindlich auf dererlei reagiert und es lieber sähe, wenn Rehlein auf dem Friedhof läge, da ihr dies den Weg zum eigenen Glück ebnen würde. Außerdem leidet die Hilde sehr unter meinem innigen Verhältnis zu meinen Eltern. Sie ist der Meinung, man solle sich lösen und auf eigene Füße stellen. Die Kindheit sei verdammt noch mal vorbei, und dies müsse man mal einsehen...

In welchem Tonfall (Mobbl: „Der Ton macht die Musik!") die Hilde über ihre eigene Familie redet! Zum Beispiel darüber, daß noch nie jemand auf die Idee gekommen sei zu fragen, wie es heute in der Klavierstunde war. Doch man glaubt ja kaum, daß die Hilde je auf die Idee käme, sich bei ihrer Mutter kund zu tun, wie es beim Frisör und ihre Schwester zu fragen, wie es in der Reitstunde war. Man lebte ein Leben lang nebeneinander her – und nur wenn jemand das Badezimmer besetzt hielt, so ärgerte man sich übereinander.

Am Nachmittag war ich wieder in der Hochschule, um mir neue musikalische Köstlichkeiten abzuzapfen. Brahms´ vierte Symphonie und das Magnifikat von Bach, und während die Kassetten mit den göttlichen Klängen vollgesogen wurden, las ich ein graues schlankes Büchlein über den Klavierphilosophen Alfred Brendel.

Obwohl die Buchreihe „Gespräche mit Musikern" heißt, handelte es sich hierbei doch nur um einen brillant geführten Monolog, in dem der Pianist - zum

Teil beglückend gründlich - auf Fragen antwortet, die „im Raum schweben".

Dann brach ich zum Joggen auf, und meine leichte Pechsträhne rannte mit: Ich begegnete dem entsetzlichen Alten mit dem Hündchen und den großen blunzefarbenen Tränensäcken unter den Augen. Geduldig und etwas müde, mit hie und da wie von selbst hinabfallenden Augendeckeln, hörte sich das Hündchen das torhafte Geschwätz seines Besitzers an.

Ob sich wohl ein kollektives Mitleid zwischen den Spaziergängern auftut, wenn man irgendjemanden – in diesem Falle mich - mit einem nur mühsam gedrosselten Unglück im Gesicht dastehen sieht. Unentrinnbar festgesaugt an welken Lippen, die überflüssiges Altherrengeschwafel von sich geben? Zunächst erzählte er, daß er heut in Heilbronn Kartoffeln und Äpfel gekauft habe, - dies darf ja noch als halbwegs interessant gewertet werden - doch dann quetschte er mich über mein Berufsbild aus und quasselte herum, wie man wohl die Saiten stimmt.

Komplimente machte er mir allerdings auch: „Sie sind eine sehr hübsche Frau!" sagte er, so daß man ihm nicht mehr ganz gram sein konnte. Zum Schluß hat er mich sogar geküsst, weil er mit einem Male leicht verliebt war.

Die Taschen hatte ich mir heut sehr unvorteilhaft mit Äpfeln ausgebeult.

Zur Jausenstunde aß ich Omis Stammbrot - das ich nun auch zu meinem Stammbrot erklärt habe - bestrichen und belegt mit Quark und Keimlingen. Dann rief ich Mireilles Schwester Johanna an, um dem Anrufbeantworter zu erzählen, daß ich mir große Sorgen und viele Gedanken über den Verbleib von der Mireille mache. Ob die Mutter sie nach Thailand entführt habe?

Nach allen gedanklichen Abwägungen über Mireilles Verbleib war nur noch *eine* logische Erklärung übrig geblieben: Der Frankfurter Vorstadtwürger. Doch dies sagte ich nicht.

Ich fürchte jedoch, die bodenständig nach vorne blickende Johanna macht sich über ihre erwachsene Schwester nur sehr selten Gedanken.

Dienstag, 8. September

Ein sonniger Himmel
war mit vereinzelten Wattewölkchen bestückt.
Viel Leuchtkraft.
Nur am Nachmittag
nahm die Bewölkung ein bißchen Überhand

Die einzige Spur, die ich im Vermisstenfall Mireille inzwischen verfolgt habe, fruchtete nichts. Die Schwester rief mich nicht zurück.

Im Morgengrauen schrieb ich allerdings den Brief an die Entschwundene weiter, auch wenn man in schwäbischer Grundmentalität denken sollte: „Ob sich sell noch lohnö dät?" Ob sich dies noch lohnen täte?

Um halb zehn kam meine Freundin Ute mit ihrem kleinen Töchterlein Feli zu Besuch. Die Feli mit ihren dicken Wangen unter der grünen Haube war so entzückend verpackt. Zuerst stand sie verschüchtert vor meiner Tür herum und mochte nicht hereinkommen, weil sie wie fast alle kleinen Kinder erst auftauen mußte. Den leicht verschmitzten Ausdruck im Gesicht hat sie jedoch die ganze Zeit über beibehalten.

Wir gönnten uns köstliche Nutellaseelen* und ich erzählte, wie die Hilde am zweiten Tag des Miteinanders meist in eine grämliche Stimmung hinabzusacken pflegt, so daß es besser wäre, sie immer nur vereinzelte Tage lang, und dies mit genügend Abstand, zu genießen. Dies erzählte ich allerdings eher lustig und lose und verschwieg, daß ich volle zwei Tage gebraucht habe, um mich davon zu erholen, und für Buz wäre dies auf Dauer auch kaum das Richtige. Fast alle Leute, die man so kennt, kennt man ja nur eintagweise am Stück.

*Äußerst wohlschmeckendes, längliches schwäbisches Gebäckstück mit Salz und Kümmel obendrauf

Über Utes Schwiegervater, den Opa Nowak, einen Herrn aus Norddeutschland, hört man nichts Gutes: Ständig vermittelt er das Gefühl, daß er es nicht mehr lange mache. Trotz seiner Diabetes lebt er unvernünftig bis zum geht-nicht-mehr, grad so als läge er es mit Fleiß darauf an, den sauer gewordenen Lebensrest zusammenzukehren und kurzerhand zu entsorgen – und dies mit ebenmal 66 Jahren! Sein einzig „Tun" scheint darin zu bestehen, zu hoffen, daß die Kinder und Enkel ihn mal besuchen kommen. Seniorenfreundschaften pflegt er überhaupt nicht, da ihm die Senioren in seinem Umfeld allesamt zu doof sind. (Um es auf Hildes Art auszudrücken, denn die Hilde verwendet den zwar lustigen, so doch auch demütigenden Ausdruck „doof" alle Nas lang)

„Wir leben *unser* Leben!" bediente sich die Ute einer im Grunde wenig sympathischen Wortgirlande.

Dann rief die Hilde an, und weil's nun wieder „der erste Tag" war, war sie soweit recht nett. Sie sprach über den Flügeltransport - ein Thema, das ich bereits unter den Teppich gekehrt hatte, und bei dem nun nur noch eine saftige Rechnung auf mich wartet.

Das, was ich schon ein wenig befürchtet hatte, trat ein: Als ich mal kurz nicht Obacht gegeben hatte, hat sich die Feli meinen Bogen gegrabscht und hielt ihn gar wüst an den Haaren fest. Ich war aber sehr freundlich und dramatisierte nichts.

Wir setzten uns zum Tee nieder.

Ich erzählte von meinem Eremitendasein, an das ich mich gewöhnt habe, und frug die Ute, ob sie es sich auch vorstellen könne, allein zu leben? Doch die Ute kann es nicht.

Die meiste Zeit über spaßten wir mit dem süßen kleinen Kind herum, das einen feinen humorvollen

Zug im Gesicht trägt. Die Kleine griff sich die lustige Puppe „Herr Bloser" – einen zusammengenähten Glatzkopf mit Brille und lustigen bunten Ringelstrümpfen, den mir die Oma Mobbl vor zwei Jahren zum Geburtstag geschenkt hat, da sie sich Herrn Bloser nach meinen Schilderungen ungefähr so vorgestellt hatte.

Obwohl die Puppe keinerlei Ähnlichkeit mit Herrn Bloser aufweist, heißt sie dennoch „Herr Bloser". „Dann handelt es sich eben um einen anderen Herrn Bloser!" hatten wir kurzerhand beschlossen.

Die Feli zupfte der Puppe die Brille von der Nase. „Halt!" rief Mutti Ute. „Der Opa braucht doch seine Brille!"

Zur Mittagsstund kam die Simone zu Besuch. Sie brachte frischen Zwetschgenkuchen aus der Bäckerei Link mit, und ich freute mich wie eine Oma in einer Seniorenresidenz, die überraschend Besuch von einer Enkeltochter bekommt, die den frischen Wind der großen, weiten Welt mitbringt. Nun war ich bei meinen Plaudereien gar nicht mehr zu bremsen. Ich erzählte, wie Rehlein und Hilde, jene beiden Damen, denen Buz im Laufe eines langen Lebens sein Herz geschenkt hat, *eine* Gemeinsamkeit haben: Sie können Ungeschicklichkeiten einfach nicht er*tragen*! Dann erzählte ich, wie der Oma Mobbl zuweilen etwas hinunterfällt, was allerdings bei einer so betagten Dame, die immer noch in einem gewissen Turbotempo in der Küche herumwerkelt, nichts

Ungewöhnliches sein dürfte. Einmal wäre ihr allerdings ein Honigglas zu Boden gefallen, und mein Papa wiederum habe mal ein Weinglas umgestoßen.

„Aber das kann doch jedem mal passieren!" sagte die Simone fröhlich. Dann schüttelte sie sich vor Lachen, als ich erzählte, daß sich die Hilde so darüber aufgeregt habe, daß ich gar keine Ansprüche ans Leben stelle, und in einer engen Dachgebälkswohnung lebe. Wie sie sich wohl erst aufregt, wenn ich sage: „Ich könnte sogar in einer Telefonzelle leben! Hauptsache, ich habe mein Telefon, um mit der Außenwelt verbunden zu bleiben."

Plastisch erzählte ich, welch hohe Ansprüche die Hilde an ihre Kinder stellt, die doch noch nicht einmal auf der Welt sind!

Ich glaube jedoch kaum, daß die Hilde in diesem Leben noch Mutter wird. Dafür scheint sie mir zu zerdenkerisch und entscheidungsschwach veranlagt.

Dann erzählte ich, daß ich meine Joggerei ein wenig verschieben müsse. Dies wegen dem Herrn, der mich gestern geküsst hat. Nicht wegen dem Kuß, der ja sehr nett war, sondern wegen dem vielen Altherrengerede, das doch eigentlich nichts für eine junge Dame ist. Aber auf die Idee, dererlei zu bedenken, kommt er gar nicht.

Viel später, als ich vom Joggen zurückgekehrt war, trank ich ein wenig Tee. Im Fernsehen lief die Thommy-Ohrner-Show über Mallorca: Man erfuhr, daß sich die Deutschen dort gerne mit Bier vollaufen lassen.

Das Publikum applaudierte stets herzlich jenem, der zuletzt geredet hatte – auch wenn die Äußerungen sehr auseinanderdrifteten. Einer erzählte, daß er sich nach fünftägigem Herumgesaufe einfach entsetzlich gefühlt habe, aber dafür habe er in diesen fünf Tagen mehr gelacht, als das ganze Jahr zuvor.

Applaus für diese Worte.

Mittwoch, 9. September

Am Anfang wunderschön.
Gegen Nachmittag
glanzüberblendende Schmutzwolken.
(Dünn aber verfleckt)

Traum:

Ich saß auf einer Bank in der Sonne an einer höchst welligen, sich serpentinenförmig in die Höhe schlängelnden Autostraße und versuchte ins Tagebuch zu schreiben. Doch dauernd funkten mir andere Gedanken dazwischen: Zum Beispiel jener, wie leicht ich hier an dieser Stelle von einem Auto totgefahren werden könnte, denn die Autos - unzählige an der Zahl - schossen und peitschten nur so an mir vorbei, und ich hatte überhaupt keine Ahnung, wie ich dort jemals wieder wegkommen solle, denn einen Weg gab es nicht?

Aber dann hatte ich es ja doch geschafft. Ich lief in die unterhalb des hohen Berges liegende kleine Stadt hinein. Da ich ein Foto von mir schießen lassen mußte, suchte ich einen Fotografen auf. Er schoss fünf leicht unscharfe Schwarzweiß-

bilder von mir, berechnete allerdings einfach farbige, die doppelt so teuer waren. Ich wurde ein wenig ärgerlich, und so schoss er noch drei Farbfotos, die jedoch allesamt grauslich ausschauten, weil er sie eben in Verärgerung geschossen, und ich zudem verärgert ausgesehen habe. Und dann bemerkte ich auch noch, daß ich zumindest auf einem der Fotos einen scheußlichen engen Rollkragenpullover trug.

Als ich den Laden wieder verließ, sah es draußen vollkommen anders aus, als zuvor: Ich befand mich nämlich direkt vor der Stadtbibliothek in Schwenningen.

Leider spiegelte ich mich in den Schaufenstern äußerst unvorteilhaft. Ich lief in den Fotoladen zurück und entschuldigte mich bei dem mürrischen Fotografen: Ich hätte ihn beschimpft, daß seine Fotos hässlich sind, und dabei bin ich doch selber hässlich! (sagte ich zerknirscht)

Dann lief ich weiter: Ich befand mich auf einem stillen, schmalen und leicht gewundenen Weg, der zu einem Gasthaus auf dem Lande führte. Dort sollte ein Familientreffen stattfinden, obwohl die meisten Verwandten abgesagt hatten. Und nun war zu allem Übel auch noch ein Zwist zwischen der Oma Mobbl und ihrer Exschwiegertochter Antje ausgebrochen. Die Mobbl war so pikiert und beleidigt, daß sie sich einfach erhob, um zu gehen, und ich habe die Antje noch nie so keifen hören. Sie stand sogar auf, und kiff Mobbln mit einem außer Rand und Band geratenen wedelnden Zeigefinger hinterher. Ein Herr, der neben mir stand, sagte ungewöhnlich schroff, daß er solche Streitereien auf den Tod nicht ausstehen könne, und plötzlich befanden sich auf meinem schönen Sonnenblumentagebuch das ich bei mir führte, unzählige Tröpfchen Schweiß, da der Herr in seiner Fassungslosigkeit rasend schnell den Kopf geschüttelt hatte (wie in einem schlechten Roman). Und dabei hatte er sämtliche Schweißtröpfchen, die sich auf seiner Stirn angesammelt hatten, abgeschüttelt.

Hinten in der Ecke saß der dicke Ovidiu, den Buz einfach zu unserem Familientreff mitgeschleift hatte, obwohl er doch wissen musste, daß Rehlein keine Balkanesen mag.

Im großen goldumrahmten Spiegel der Damentoilette stellte ich fest, daß sich an meinem einen Augenwinkel eine riesengroßes grünliches Gebilde gebildet hatte, von dem sich nicht sagen ließ, ob es wohl abwaschbar oder angewachsen sei?

Im wahren Leben ging es mir heut wesentlich besser als im Traum - sieht man mal davon ab, daß Mireilles Verschwinden nach wie vor ungeklärt ist. Ich beginne bereits in der Vergangenheitsform an sie zu denken und entwickle so pö a pö die Neigung, sie zu glorifizieren.

Die Woche war bereits ziemlich weit vorangeschritten. Draußen war es schön wie in Mekka. Eigentümlicherweise gefallen mir die Wochen mit jedem vorbeigezogenen Tag besser. Mittwochs darf ich mir eine Seele* zum Frühstück gönnen, und mein Videogerät zeichnete soeben „Ehen vor Gericht" für mich auf. Von Sendungen dieser Art kann ich gar nicht genug bekommen.

Auf dem Hochschulareal traf ich Mika Yamada auf dem Rad. Eine Art Hochschulfossil, wenn man so will, sprich, eine Studentin, die Wurzeln geschlagen hat, und seit Menschengedenken Teil dieser Hochschule zu sein scheint, während die Jahre selber spurlos an ihr vorbeigezogen sind. Die Mika war sehr quirlig und fröhlich. Gemeinsam bestaunten wir das schöne Wetter und glücklich erzählte sie, daß sie jetzt noch eine ganze Woche lang Ferien habe und es nicht fassen kann. Ausschlafen, Frühstücken im Bett....Man möchte sein Glück ganz fest in Händen halten, aber es entwischt einem ja doch wieder!

Zu meiner Seele gönnte ich mir nun das Ehedrama „Vilmar gegen Vilmar": Frau Vilmar war ein wenig hysterisch veranlagt und berichtete auf kiebige Weise, daß sie wegen der ständigen Lügen von ihrem Jürgen Heulkrämpfe, hernach Migräne und später dann Depressionen bekommen habe, so daß der Jürgen ja so quasi *gezwungen* war, ein bißchen zu schwindeln, um ihr all das zu ersparen. Einen achtjährigen, leicht übergewichtigen Sohn mit Brille, den es sich aufzuteilen galt, hatten die beiden auch.

Nach dem Fernsehgenuss schrieb ich Rehlein und Buz einen sehr netten und persönlichen Brief. Ohne das Thema sonderlich auszuschlachten schrieb ich, daß die Hilde am zweiten Tag grämlich geworden sei, und daß ich Grämlichkeiten nicht ertragen könne. Natürlich muß man ein wenig Angst haben, daß allein die Erwähnung des Namens einen unschönen Ehezwist auslösen könnte, doch im Grunde müssten doch beide, wenn auch aus unterschiedlichen Motiven heraus, froh über diese Botschaft sein. Buz vorallem, weil er jetzt denken darf: „Na, soooo glücklich kann sie mit dem Mohren denn wohl doch nicht geworden sein! Sicherlich nur eine Frage der kürzesten Zeit, bis sie wieder angewinselt kommt!". Und Rehlein denkt eventuell: „Um Gottes Willen. Mein armes Wölflein - nun bleibt ihm dies wenigstens erspart!"

Wenn Rehlein eine hochneurotische Mutti wäre, wie das Uschilein, würde sie in Zukunft ständig über mich denken: „Naja, das Fräulein Tochter wird wohl keine Zeit haben, da sie ja ständig mit Hüüüüldlein in die Berge fahren muß!" Doch Rehlein ist immer warm und positiv und freut sich, wenn ich jemanden finde, der mit mir wandern geht.

Die Tante Ulrike in St. Gallen rief ich auch an. Sie war sehr nett und meinte gar, daß es ihr unangenehm wäre, wenn ich ihr das Geschirr bestelle. Doch wie unangenehm muß es erst mir sein, wenn ich es nicht bestelle, hielt ich dem tapfer entgegen. Und so bestellte ich das Geschirr und hupfte hernach ein wenig rum, ohne mich glücklich zu fühlen.

Um 17 Uhr brach ich zum Joggen auf. Ich versetzte mich in meinen süßen Papa hinein und versuchte mir vorzustellen, was er wohl empfunden hat, als er hören mußte, daß seine Mama einen Schlaganfall bekommen hatte. Damals war für Buz eine Welt zusammengebrochen. Ganz plötzlich steht Buz mit 60 Jahren so ziemlich in der Mitte des Lebens, und dabei scheint´s doch erst gestern gewesen, daß er als 24-Jähriger einfach so, unreif und völlig verfrüht, eine Familie gründete.

Dann wanderten meine Gedanken zu der tabak-imprägnierten Frau Kettler, deren Mutti ihren ersten

Schlaganfall erlitt, als ihre jüngste Tochter, Frau Kettler selber, ebenmal 18 Jahre alt war. Sie lebte dann allerdings noch 19 Jahre lang als leichter bis mittlerer Pflegefall, bevor sie im Jahre 1984 82-jährig starb.

Ich schuftete bis um 22.10 - so lange, bis alle Hausaufgaben, die ich mir aufgebrummt hatte, abgetragen waren. Hernach rief ich Rehlein und Buz an. Ich berichtete plastisch, wie ich jetzt lebe: Als Eremit! In Oberrot habe ich 900 Mark verdient, was bedeute, daß ich nun bis auf weiteres wieder in Saus und Braus leben dürfe.

Buz durfte heut ein Päckchen für mich auf die Post bringen, damit ich auch mal ein Päckchen bekomme, erzählte Rehlein verschmitzt. Eigentlich hätte mich das Päckchen überraschen sollen, doch nun war Rehlein der Meinung, daß die Vorfreude darauf einfach dazugehören müsse. Buz würde so süß auf der Schreibmaschine tippen, und Rehlein sammelt all die vollgetippten Papierbögen in einer Mappe, auf daß man später, wenn Buz es auf der Schreibmaschine zu Virtuosentum gebracht habe, darüber schmunzele.

Ich stellte es mir so schön vor, wie sich meine alten Eltern über meinen Brief freuen. Dadurch, daß ich Rehlein und Buz habe, fühle ich mich auf dieser Welt „gehalten, geliebt und geborgen".

Donnerstag, 10. September

Quellbewölkt.
Nachmittags crescendierender Regen
der schließlich in einen Irrlichtsregen mündete

Im Traum *betrat ich mein Zimmer in Aurich. Es sah verheerend aus: Das Gästebett mit Sperrmüll und zerfledderten alten Zeitungen vollgebeigt bis zur Decke. Daneben stand Ming mit ratlosem Gesicht.*

„Hier scheint eine Bombe eingeschlagen zu haben!" parodierte ich das schwäbische Fräulein vom Studentenheim (aus dem wahren Leben). *Ming redete in Rätseln. Zunächst verstand ich es so, daß dies ein Racheakt sei, weil ich neulich heimlich Gäste in seinem Bett hatte schlafen lassen, doch dann sagte Ming traumesunlogisch: „Nein! ICH habe Gäste in DEINEM Zimmer einquartiert. Kapier das doch endlich!" Ich wechselte das Thema, um zu Erfreulicherem hinzumodulieren und erzählte vom Konzert in Rottweil, das die Ute für uns im Badhaus zu organisieren gedenkt und malte mir aus, wie die Ute ihre Konzertreihe „Concerts im bathhouse" zu nennen plant. Nur noch das Wort „im" ist auf deutsch.*

Zum Frühstück erwischte ich einen ansprechenden Film, der damit anhub, daß eine junge Frau ihrer Mutti ihren Zukünftigen - einen orientalisch ausschauenden patenten Gelehrten - vorstellte. Aber selbst diesen Hochgenuss versagte ich mir, um ihn auf den Abend zu verschieben.

Am Vormittag war ich auf dem Markt, um an meinem Stammstand ein paar Äpfel zu kaufen. Mit den Augen tastete ich die malerischen Früchte ab, und versuchte vorzuempfinden, wie sie wohl schmecken.

Dieser Stand ist aus jenem Grunde zu meinem Stammstand geworden, weil die Eheleute, denen er gehört, so nett sind. Der landwirtschaftlich wettergegerbte Herr rief seiner Frau zu: „Wo bist du denn, mein Schatz!" Dies gefiel mir. Aber die Frau nannte ihren Mann schlicht „Erich", und der freundschaftliche Vorwärtsdrall, der sich im Banne des Bedienens ergab, war so groß, daß ich den Herrn beinahe auch Erich genannt, bzw. höflich gefragt hätte: „Darf ich Sie Erich nennen?"

Daheim schrieb ich - von oben gesehen auf einer kahlen Stelle inmitten eines Wäldchens an Übeinheiten - mein Briefabbo an die Veronika. Ich entwarf ein Zukunftsbildnis, wie meine Abbos wohl mal ausschauen, wenn ich dereinst 92 bin. An jedem 10. des Monats schreibe ich so etwa das selbe tütelige Abbo und mit zittriger Schrift, die ich hier aus Gründen der Ästhetik allerdings unterlassen werde, schreibe ich: „Liebe Veronika! Dies ist nun gewiss mein letztes Abbo: Der Schnitter steht vor der Türe..."

Mitten in diese Arbeit hinein ereilte mich ein Telefonat aus Ofenbach. Ming machte mir eine Offerte: Vom 4.-11. Januar will er mit der Linda und mir nach Hawaii reisen.

Eigentlich sollte man sich darüber freuen, doch dummerweise habe ich von Buz die Neigung geerbt, nicht so gerne Ferien zu machen. Lieber gestalte ich die Tage sinnvoll. Alle Ferienfreudigkeitsmoleküle in unserer Familie haben sich auf Rehlein und Ming verteilt, so daß sich in dieser Hinsicht innerhalb unserer Familie ein tiefer Graben des „Einander-nicht-verstehen-könnens" gebildet hat. Wenn ich Ming ehrlich sagte, was ich dächte, so würde er keinerlei Verständnis zeigen.

Die süße Linda sagte so warm durch den heißen Draht: „Ich schenke es Dir!" So sagte ich zu, auch wenn mir angst und bange vor dieser Durststrecke war: Im Geiste befand ich mich bereits in uferlosem Ferienherumgehänge in heller greller Wetterlage. Außerdem peinigte mich plötzlich das große Lampenfieber, die Rechnung für das bißle Geschirr in der Schweiz könne 2000 DM betragen! Oder schlimmer noch: 2000 **Franken**, weil ich leider so unreif bin und gar nicht an die horrenden Zoll-gebühren gedacht habe.

Heute wechselte ich meinen musikalischen Hintergrundslärm im Kassettenrekorder: Nun läuft die dritte Symphonie von Brahms. Zwar wunder-schön, so doch auf den ersten Horch leider sehr traurig.

Meine Joggerei schien mir etwas gefährdet, da es regnete. Mein schöner Monet-Schirm fehlte furcht-bar. Aber dann stürmte ich ja doch los.

Unterwegs begegnete ich dem Herrn Professor Wachtenberg mit seiner ehemaligen Studentin und heutigen Ehefrau Nicoletta aus Rumänien. Man schob die Kinderkarre mit der kleinen Mariana vor sich her. Die Nicoletta befindet sich in den Endzügen ihrer zweiten Schwangerschaft, und die Villa, in dem das junge Paar lebt, ist im Rahmen einer kostspieligen Renovierung bereits ein wenig entgittert worden.

„Glatze!" habe das kleine Kind ausgerufen, als es dies sah.

Wie in der „Lindenstraße" werden in den unteren Stockwerken bald neue Mieter einziehen.

Auch dem Musikhochschulbibliothekar Herrn Deblon begegnete ich, und da wir uns außerhalb der vergifteten Räume der Musikhochschule befanden, fiel die ganze Beklommenheit weg, und wir unterhielten uns unbekümmert wie früher. Währenddessen intensivierte sich der Regen, so daß wir unter dem Dach der Volksbank unterstehen mußten. Die Regentropfen tanzten wie Irrlichter auf der Straße, und die Autos schalteten die Beleuchtung ein.

Daheim schaute ich „Hallo Deutschland". Ein kleiner Beitrag war der Riesenschildkröte „Hugo" geweiht: 160 Jahre jung - also quasi doppelt so alt wie der Opa.

Und dennoch wird Hugo uns alle überleben, denn Riesenschildkröten werden bis zu 300 Jahre alt. Dies ist ein kleiner Ausgleich der Natur dafür, daß die allermeisten Schildkröten innerhalb ihrer ersten fünf Lebensminuten als Keks umgedeutet und von irgendwelchen Genießern verspeist werden. Die wenigen, die es schaffen, diesen Schmeckefüchsen und Gourmets zu netkommen, werden dafür steinalt.

Freitag, 11. September

Der große Regen setzte sich fort

Zum Frühstück erwischte ich einen Film über Kaiserin Sissi, die heut vor hundert Jahren und einem Tag von einem Anarchisten am Genfer See erstochen wurde. Und damals hat die Schildkröte Leopold aus dem Hamburger Zoo bereits gelebt! Im Film ging es darum, wie es wohl weitergegangen wäre, wenn dies nicht passiert wäre. Doch die Sissi als zierliche Seniorin sprach mich nicht so an.

Nach dem Frühstück schrieb ich einen Brief ans Lindalein: Ich schrieb über meine Ferienunfähigkeit, die ich – leider, leider, möchte man hier dazwischenflechten - von Buz ererbt habe: Bereits nach zwei Stunden Ferien breitet sich ein unbefriedigendes Herumhängegefühl in mir aus, das sich kaum abschütteln lässt und mich ganz unglücklich stimmt. Manchmal graust es mich schon jetzt vor jenen Jahren, wenn ich erst eine Seniorin bin, weil ich nicht einfach so träge vor dem Fernseher sitzen mag. Darüber geriet ich ins Philosophieren und wurde ein wenig vom Thema hinfortgeschwemmt:

„Verwundert" auch wenn es da strenggenommen gar nichts zum Verwundertsein gibt, schilderte ich, wie der Kaffee in der Hochschule so einen reißenden Absatz findet. Ganz im Gegensatz zu unserer CD, da kein Mensch einfach so dasitzen mag, um einer CD zu lauschen. Doch beim Versuch, diesem Misstand entgegenzuwirken, kommen einem immer wieder interessante Ideen: Beispielsweise jeder CD eine Zigarette mit Überlänge (Abbruzzelzeit 58 Minuten!) beizulegen. Und zu all diesem brieflichen Gequassel hörte ich die ergreifende dritte Symphonie von Brahms, die sehr gut zu dem trübverhangenen Tag passte.

Nachdem der Brief abschickbereit einkuvertiert war, griff ich mir Opas Kinderberichte, um mit dem allergrößten Vergnügen darin herumzuschmökern, zumal so viel über Rehleins prägende Säuglingszeit zu lesen stand.

Schon zur vormittäglichen Stunde ist Rehleins angekündigtes Päckchen gekommen. Unter anderem - neben Köstlichkeiten aus dem Bioladen und Selbstgebackenem - schickte Rehlein die Post, die sich in Aurich für mich angesammelt hatte: Die Veronika hatte mir ein außerplanmäßiges Abbo aus Pforzheim geschickt, wo ihr derzeit bei ihren Eltern vielleicht ein wenig langweilig ist. Fesselnd schilderte sie mir, wie sie ihren Schwager Alfonse im Urlaub so schwer beleidigt habe, daß er aus der gemeinsamen Ferienwohnung ausgezogen ist und sich stattdessen am Fuße des hohen Berges, den zu bekraxeln und bewandern man sich angeschickt hatte, in einer simplen Pension einquartierte. Leider ist die Veronika in dieser fesselnden Schilderung nicht in die Details gegangen, aber jetzt traut sie sich gar nicht mehr, Schwester und Schwager in Bad Dürrheim zu besuchen.

Nach einer Weile rief ich meine Telefonfreundin Frau Kettler an, von der man stets ein offenes Ohr, auch für allen möglichen Unsinn, erwarten darf. Ihr erzählte ich, daß ich nicht einfach bei Herrn Bloser anrufen könne, um ihn zu fragen, ob er wohl mit mir wandern gehen wolle, da er dann das Gefühl habe, man wolle ihn (sich selber) ausspannen.

Nicht mal joggen bin ich heut gewesen, da es so jämmerlich regnete. Kurz nach drei verließ ich dennoch das Haus, um mir in der Bäckerei einen Imbiss zu holen.

Das nudellockige Bäckereifräulein ist es bereits gewöhnt: Ich beuge mich - zerfleddert von qualvoller Entscheidungspein - über die Vitrine mit all ihren Herrlichkeiten als Vorboten aufs Paradies, um dann ja doch das zu kaufen, was ich immer kaufe: Zwei bebutterte Laugenwecken.

Ansonsten ist´s in meinem Leben so, daß ich eigentlich nur noch übe - mich fühlend wie einst Paul Bronte, (dem Geiger aus dem Hollywoodstreifen „Symphonie des Herzens") vor einem wichtigen Wettbewerb.

Am Nachmittag riefen Ming & Linda an, und leider hat man es mir angemerkt, wie ich nicht zu hundert Prozent hinter der Idee stehe, mit nach Hawaii zu reisen. Doch die Tante Bea möchte unbedingt, daß ich komme, und die Geige dürfe ich auch mitnehmen, um gelegentlich ein wenig darauf zu musizieren.

„Und du kannst ganz viel Tagebuch schreiben!" regte das Lindalein so süß an.

Den Brief ans Lindalein mit dem kunstvoll verzierten Kuvert trug ich in einer kleinen Regenpause zur Dämmerstund durchs pfützige Trossingen an der Hohner-Villa vorbei zum Briefkasten.

Samstag, 12. September

Dicker, zum Teil grauer Wolkenüberzug.
Um die Mittagsstunden herum dünner Regen.
Abends güldene Aufklarung

Heute träumte mir von meiner kleinen *Ein-konzertreise nach Braunschweig, die leider zu einem Minusgeschäft wurde: Den Wurmfortsatz von der Chaconne hatte ich seit dem Konzert in Oberrot schon nicht mehr geübt. Der Abend hatte sich bereits über den Tag gesenkt, und niemand konnte mir erklären, wo die Kirche sei, in der das abendliche Konzert stattfinden sollte, so daß ich in meiner Not schließlich ein Taxi nehmen mußte.*

Kurz bevor das Taxi startete, sah ich in einem Schaufenster ein Märchentagebuch mit einem possierlichen Häschen auf dem Deckblatt.

„Kurzen Moment!" sagte ich nett zum Taxifahrer. „Bin sofort wieder da!"

Doch im Ladeninneren hatte sich eine ganz lange Schlange gebildet, da die Kasse klemmte und man auf einen Handwerker warten mußte. Plötzlich wehte mich eine leise Panik an. Hatte ich überhaupt mein Konzertkleid eingesteckt? Um die Kunden zu beruhigen fuhr ein Bimmelbimbo mit seinem Wägele durch den Laden und verkaufte äußerst schmackhafte Hörnchen mit eine Schokoladenfüllung.

„Halt!" rief jemand, als ich den Laden verlassen wollte, „das ist nur der Eingang! Wenn Sie hinaus wollen, so müssen sie den hinteren Turm besteigen!"

Tatsächlich führte eine Wendeltreppe sehr steil in die Höh´, und oben befand sich überraschenderweise die Studierstube von Buzens Meisterschüler Michael Wieder, den man nun, seinem Namen zur Huld nach vielen Jahren wiedersah.

„Tritt ein in mein Reich!" rief er einladend und jovial.

Vor seinem Studiertisch befand sich ein riesengroßes Fenster, und wenn man hinausblickte, so gab es allerhand zu sehen. Beispielsweise Pferde auf der Weide - grad so, wie von Mings Ashram in Ofenbach aus.

Michael Wieder legte eine Schallplatte auf, die man unbedingt gehört haben sollte. Eher ließe er mich nicht wieder weg! Der Herwig spielte Beethovens Solo Sonaten für Cello, und ich wiederum hatte gar nicht gewusst, daß es dererlei überhaupt gibt! Sogar die Partitur hatte der stets interessierte Michael Wieder vor mir ausgebreitet. Angstrengt verfolgte ich die Noten, um hernach etwas Kluges von mir geben zu können. An einer Stelle machte der Herwig so einen komischen und unpassenden Rutscher, den man beim Singen doch nie und nimmer gemacht hätte. Doch mitten in einer Fermate erwachte ich.

Am Morgen im wahren Leben plätscherte der Regen grad weiter, und mein schöner Schirm fehlte unendlich. Wahrscheinlich wird es so lange regnen, wie ich die dritte Symphonie von Brahms höre, überlegte ich. Also bis morgen Mittag um eins, wenn ich meine Hintergrundsmusik wechsele. (Dies tue ich alle drei Tage)

Die eingelegten Symphonien höre ich praktisch den ganzen Tag lang: Beim dichten, bei der Hausarbeit und beim Briefeschreiben - sogar auf dem Klosett - wenn auch durch die geschlossene Türe hindurch! Nur beim Üben schalte ich sie kurz ab.

Schon am Vormittag rief Buz an, um anzumerken, daß der Abstand von der Fuge und dem Siziliano in Bachs g-moll Sonate ganz unkünstlerisch und viel zu kurz sei. Buz war sehr nett und sagte zum Schluß gar unaufgefordert: „Ich liebe dich!" Na, was glaubt er wohl, was ich ihn tue? Buz hat ja jetzt nur noch uns, und muß das Beste daraus machen.

Gestern habe ich mir schon so große Sorgen gemacht, berichtete ich Buzen. Im Fernsehen hatte ich gehört, daß auf der Autobahn Hannover - Berlin ein Unfall stattgefunden habe und die beiden Insassen eines PKW waren sofort tot. Und Rehlein und Buz waren doch zwei Insassen und wollten hinzu nach Usedom fahren!

Heut stand in der BILD-Zeitung zu lesen, daß Bill Clinton seine Hillary doch schwerer gedemütigt hat, als bisher angenommen. Das ganze Sexprotokoll gibt´s nämlich mittlerweile im Internet zu lesen.

Bill habe sich bei der Monica ein wenig lustig über seine spröde Frau gemacht, die es ihrer zuchtvoll-zugeknöpften Art zufolge im Bett „nicht bringt".

Aber das waren doch nur Worte. Nichts als Worte!

Gestern hat der Bill im Fernsehen schon wieder um Vergebung angesucht. Er wolle den LORD bitten, dafür zu sorgen, daß er DER Mensch würde, der er sein will, erzählte er dem Millionenpublikum. Mehr kann man nicht tun.

Aber auch Monica Lewinsky geht es schlecht.

„Ich bin ein Fehler!" soll sie, laut BILD, mit Lippenstift an ihren Badspiegel geschrieben haben.

Der Salat, den ich mir zur Mittagsstunde zubereitet hatte, sah leider aus wie von jemandem, der seelisch nicht ganz gesund ist: Diese trüben Farben! Rettich, Gurken und grüne Bohnen.

Nach fünf Uhr war ich in dünnem Nieselregen, von dem man nicht richtig nass wird, joggen.

Wenn man Frau Kettler anruft, so blättert sie meist in der ZEIT, (ein Lektor würde dies wahrscheinlich auf neuschwachhochdeutsch abändern? Dann blättert sie meist in „Die Zeit") oder aber in einem Katalog. Und im Grunde führt sie ein Leben wie im Wartezimmer: Warten auf Godot.

Als ich es mir daheim mit einem Honig-Laugen-weckle gemütlich machte, hat mir plötzlich die Mireille auf den Anrufbeantworter gesprochen.

Ich war außer mir vor Freude! Sie lebt also noch - und dies, wo ich bereits damit begonnen hatte, sie zu glorifizieren! Doch kaum hörte ich, daß die Mireille doch noch lebt, da hörte ich mit der Glorifizierung auf.

Hernach schickte ich mich an, Briefe zu schreiben. Herrn Ahrends schrieb ich, daß ich der dritten Symphonie von Brahms - so, wie ich es bereits erahnt habe - bereits nach einem halben Tag restlos verfallen bin, ähnelnd einer liebestrunkenen Dame, die zu Wachs in den Händen ihres Gegenübers geworden ist.

Dann schrieb ich einen Brief an die Pfarr-haushälterin Janine, die morgen ihren 36. Geburtstag feiert. Ein Allerweltssatz, der vielleicht ein wenig spießig angesetzt wurde, ging etwas lustiger weiter als gedacht: *Ich werde im Geiste mitfeiern, weil ich mir vorstelle, daß das so feierfreudige Hausach dieser Tage aus dem Feiern gar nicht mehr herauskommt. Zuerst wird die Haushälterin süße 36, und dann wird die Kirche stramme 850! Fast wäre ich gekommen, um mit Dir Duos zu spielen, doch leider muß ich an jenem Tag nach Butzbach reisen, so daß ich der Sekretärin Frau Kaiser am Telefon schweren Herzens einen Korb erteilen mußte. Aber bei der 900-Jahr Feier am 19.9.2048 bin ich dabei und fiebere dem Termin bereits entgegen.* schrieb ich mich ungeachtet dessen, daß ich bis dahin schon fast 86 Jahre alt bin, in Schwung.

Frau Kettler hatte mir jüngst von Jörg Kachel-
mann vorgeschwärmt, den sie einst auf einer Feier
kennenlernen durfte, und in dessen Aura sie, ihrer
leicht entflammbaren Art gemäß, auch augenblicklich in verzehrendem Feuer zu stehen schien.
Doch leider sei´s ein windiger Frauenheld, und somit
müsse sie sich damit begnügen, ihn hinter dem
Panzerglas des Televisors zu genießen. Die ganze
Woche lang hatte sie dem heutigen Abend entgegen-
gefiebert, da er neuerdings die schrille Spielshow
„Einer wird gewinnen!" moderiert. Doch ich schaute
nur kurz. Dererlei ist nichts für mich, und so rief ich
stattdessen die Mireille zurück. Ich erfuhr, daß sie in
Japan war. Bald schon sprachen wir über den
Frankfurter Vorstadtwürger, nach dem jetzt womöglich auch nicht mehr weitergesucht wird, denn ewig
kann man an einem Würger auch nicht
herumsuchen, weil es ja ständig neue gibt, die auch
noch gesucht werden müssen, und so käme man aus
der Sucherei ja gar nicht mehr heraus.

Der Fall ist mit Sicherheit mittlerweile zu den
Akten gelegt worden, gab ich mich realistisch und
kundig, doch darauf hatte er ja gerade gewartet!
„Wahrscheinlich gehört er ohnehin der SOKO an!"
sprach ich eine weithergeholte Vermutung aus, denn
die Soko besteht doch wohl, zumindest zu einem
gewissen Teil, aus Menschen mit bizzarem Interesse
an Kriminalfällen?

Die Mireille erzählte, daß sie heute morgen dem
Schlafbehagen entrupft worden sei: Das Telefon

schrillte und ohne jeden Grund rief der Pfarrer Auersberger Grund an.

„Ich wollte mich mal wieder melden!"

Ich aber war der Meinung, daß ein Anruf zu solch früher Morgenstund niemals völlig grundlos sein kann.

Allein mit seiner Wärmflasche, die ihm die liebende Haushälterin abend für abend zubereitet, fühlt sich der Geistliche in der Nacht zuweilen einsam. Drum braucht er morgens hie und da ein gutes Wort.

Die Mireille las mir einen Brief vor, den sie mir geschrieben hat. Abschicken wolle sie ihn jedoch nicht, da sie ihn für doof hält. Ich aber fand ihn ganz entzückend.

Sie schrieb vom Besuch ihrer Mutti in Frankfurt: Während die Mireille auf der Arbeit war, machte sich die Mutter in der Wohnung nützlich. Sie räumte auf, staubte ab und ließ den Staubsauger aufheulen. Sie putzte die Fenster, füllte den Kühlschrank und kochte gesunde und bekömmliche Speisen.

Die Mireille indes konnte sich auf der Arbeit kaum konzentrieren. Beim Gedanken, die Mutti könne die Schachteln mit den blauen Oktavheftchen finden, wo hinein die Mireille seit ihrem elften Lebensjahr ihre geheimen Gedanken und Träume hinein-zuschreiben pflegt, war ihr äußerst mulmig zumute. 168 sind's mittlerweile an der Zahl! Und man weiß ja, was Mutti Akayama von dererlei hält! *Der Blick zurück versperrt den Blick in die Zukunft - weg damit! Weg mit dem ganzen Vergangenheitsballast - jetzt wird nach vorn geblickt! Komm endlich an in der Gegenwart, Kind!*

Dann schrieb die Mireille noch von zwei Verehrern, die sie habe. Doch beide gefallen ihr nicht.

„Den kannst du ruhig abschicken!" sagte ich, „ein wirklich aussagekräftiger und interessanter Brief. Den hefte ich in meinem schönen neuen Ordner ab!"

Sonntag, 13. September

Fleckige Wolkenflickerl auf blauem Himmel

Im Traume *reiste ich einsam auf die Insel Juist.*

Ich lief am Strand entlang und es schaute ein wenig aus wie in Afrika, weil einem das Meer so nah und füllig erschien. Die Wellen, die mich immer wieder zu überschwappen drohten, so daß ich einen Hüftschwung machen mußte, waren recht hoch. Farbintensiv - angefangen von tiefstem Blau über intensives Türkis schimmerte das Wasser unter einem glanzlos mattblauen Himmel, so daß mir das Ballett aus talerförmigem Goldgeglitzer auf den Wellen ein Rätsel war. „Hier stimmt doch irgendetwas nicht!" dachte ich noch. Himmel und Meer wollten nicht so recht zusammenpassen.

Ich befand mich auf dem Wege, die Kurtaxe zu entrichten, doch plötzlich fiel mir siedendheiß ein, daß ich vor der Abreise gar nicht an das Gepäck gedacht hatte! Eilig bestieg ich ein Schiff, um daheim rasch zusammenzupacken und nochmals nachzuschauen, ob ich auch den Herd ausgeschaltet habe.

Dann würde ich so rasch als möglich wieder herbeireisen, um am Abend zu konzertieren. Folgendermaßen sah mein Plan aus: 19:30 Ankunft auf dem Festland und um 19.55 mit dem nächsten Schiff zurück. Das Konzert sollte um 20.30 beginnen. Umkleiden und einspielen müsse ich mich somit auf dem Schiff.

Nun aber fuhr ich erstmal Richtung Festland. Heißt es nicht, man solle im Hier und Jetzt leben? Ich setzte mich an einen Tisch, schlummerte ein und wurde in die Vergangenheit gesogen: 𝕴𝖈𝖍 𝖘𝖆ß 𝖎𝖓 𝖉𝖊𝖗 𝕮𝖆𝖋𝖊𝖙𝖊𝖗𝖎𝖆 𝖉𝖊𝖗 𝕸𝖚𝖘𝖎𝖐𝖍𝖔𝖈𝖍𝖘𝖈𝖍𝖚𝖑𝖊 𝕿𝖗𝖔𝖘- 𝖘𝖎𝖓𝖌𝖊𝖓 𝖚𝖓𝖉 𝖍𝖔̈𝖗𝖙𝖊, 𝖜𝖎𝖊 𝕳𝖊𝖗𝖗 𝕽𝖊𝖎𝖒𝖊𝖗 𝖆𝖒 𝕹𝖊𝖇𝖊𝖓𝖙𝖎𝖘𝖈𝖍 𝖘𝖊𝖎𝖓𝖊𝖗 𝕶𝖔𝖑𝖑𝖊𝖌𝖎𝖓 𝖚𝖓𝖉 𝖊𝖍𝖊𝖒𝖆𝖑𝖎𝖌𝖊𝖓 𝕲𝖊𝖑𝖎𝖊𝖇𝖙𝖊𝖓 𝕱𝖗𝖆𝖚 𝕶𝖊𝖙𝖙𝖑𝖊𝖗 𝖘𝖈𝖍𝖜𝖆̈𝖗- 𝖒𝖊𝖗𝖎𝖘𝖈𝖍 𝖛𝖔𝖓 𝖒𝖎𝖗 𝖊𝖗𝖟𝖆̈𝖍𝖑𝖙𝖊: „𝕯𝖚, 𝖉𝖎𝖊 𝖍𝖆𝖙 𝖉𝖎𝖊 𝖘𝖈𝖍𝖔̈𝖓𝖘𝖙𝖊 𝕾𝖎𝖓𝖌𝖘𝖙𝖎𝖒𝖒𝖊, 𝖉𝖎𝖊 𝖎𝖈𝖍 𝖏𝖊𝖒𝖆𝖑𝖘 𝖌𝖊𝖍𝖔̈𝖗𝖙 𝖍𝖆𝖇𝖊!" 𝖚𝖓𝖉 𝖉𝖆𝖓𝖓 𝖘𝖆𝖓𝖌 𝖊𝖗 𝖎𝖍𝖗 𝖘𝖔 𝖊𝖗𝖌𝖗𝖊𝖎𝖋𝖊𝖓𝖉 𝖘𝖈𝖍𝖔̈𝖓 𝖛𝖔𝖗, 𝖜𝖎𝖊 𝖎𝖈𝖍 𝖌𝖊𝖘𝖚𝖓𝖌𝖊𝖓 𝖍𝖆𝖇𝖊𝖓 𝖘𝖔𝖑𝖑. (𝕸𝖎𝖙 𝕶𝖔𝖕𝖋𝖘𝖙𝖎𝖒𝖒𝖊, 𝖉𝖆 𝖎𝖈𝖍 𝖏𝖆 𝖊𝖎𝖓𝖊 𝕯𝖆𝖒𝖊 𝖇𝖎𝖓)

Ich war nur kurz eingenickt, doch plötzlich weckte mich eine Stimme: Am Nebentisch saß der Pfarrer Auersberger und hatte soeben Bekanntschaft mit einer Dame geschlossen, der er nun etwas scheu und zögerlich das „Du" anbot.

Die Anlegestelle für das Schiff war eigentlich der Bahnhof in Klein Wolkersdorf, fernab in Niederösterreich. Mings ehemaliger, unehelicher Schwiegervater, Opa Otloff, sollte mich abholen und so schnell wie möglich nachhause fahren, zu welchem Zwecke er von einem befreundeten Polizisten ein Blaulicht für sein Auto ausgeborgt hatte.

Gleich nach meinem Erhöbnis begab ich mich in die Bäckerei Krachenfels. An jener Biege, die in die Bioladenstraße hineinmündet stand ganz versunken und verloren ein Skinhead herum. Er wirkte, als sei er einfach stehen geblieben - wie eine Uhr. Da kam mir mein Nachbar, Herr Altimira, mit einer dampfwarmen Brötchentüte entgegen. Wir wechselten nur wenige, aber sehr warme Worte darüber, daß in der Bäckerei Krachenfels ständig die Angestellten wechseln, da es dort offenbar nicht auszuhalten sei. Und in der Tat arbeitete dort nun schon wieder eine neue Angestellte: Eine rundköpfige Frau, die auf den ersten Blick wie eine Rußlanddeutsche ausschaute. (Eine Kolchosearbeiterin).

Daheim lebte ich dann nach einem Auslosesystem von früher, als die Tätigkeiten noch nicht in festgestanzte Uhrzeiten hineingebündelt waren.

„Staubsaugen!" lautete das erste Ausloseresultat. Ärmelzurückkremplerisch und in gekünsteltem Schwung versuchte ich, mir selber Freude an der Arbeit zu suggerieren, auch wenn ich zwischendrin schonmal denken mußte, wie praktisch es jetzt wäre, wenn ich von meinem Naturell her eine Putzteufelin sei. Jemand, der für sein Leben gerne putzt.

Sogar den Staubsack wechselte ich – wenn auch sehr ungeschickt.

Um Punkt 13 Uhr hatte ich heut wieder meine Musikuntermalung gewechselt. Auf der neuen Kassette befinden sich zwei Werke, die mich nun bis zum Mittwoch um 13 Uhr begleiten werden: Brahms´ tragische Overtüre und Bachs Magnifikat.

Als nächstes galt´s, einen Brief für die Familie Bunze zu verfassen. Ein erstaunlich langes Schreiben wurde draus. Ein Satz gebar den nächsten, und während der Arbeit begann es draußen zu graupeln; zuckrige Böppele prasselten auf der Fensterscheibe herum, während ich mich in der Schilderung meines Alltags erging.

Trotz allem schickte ich mich um viertel nach vier zum joggen an. Den Brief an die Familie Bunze nahm ich mit, um ihn unterwegs einzuwerfen. Auf der gegenüber-liegenden Straßenseite spazierte der Herr mit dem Hündchen, und ich wurde ganz mutlos bei der Vorstellung, er könne mich wieder vollschwallen. Der Hund wirkt immer so, als würde er mit dem Anreferierungsopfer mitfühlen, doch was soll er als Hund schon groß dagegen ausrichten? Ich rannte aber fliegend an ihm vorbei und richtete den Blick ganz weit in die Ferne, so als wolle ich den Herrn einfach nicht wahrhaben.

Auf dem Heimweg stellte ich mir vor, wie sich alle Probleme in Frau Kettlers Leben plötzlich lösen. Dies dachte ich mir in Form einer Erzählung aus, und diese Erzählung hieß „Wie sich die Sorgen und Nöte einer Dame an einem einzigen Tag alle auflösten" (Unglück in der Liebe: Sie liebt ihren Chef, für den sie jedoch nichts weiter als ein Abenteuer war. Unglück im Beruf: Eine böse Kollegin spielt ihr üble Streiche, streut böse Gerüchte und macht ihr das Leben zur Hölle; Unglück in der Familie: Der Bruder verdächtigt sie grundlos, ihn beim Erbe aufs Übelste über den Tisch gezogen zu haben. – Drei rabenschwarze Wolken, die jeglichen Sonnenschein aus dem Leben vertreiben. Ferner laboriert sie an einem Hörsturz und leidet unter chronischer Schlaflosigkeit. Nachts wälzt sie sich unfroh im Bett herum und „erwacht" am nächsten Morgen wie gerädert. Doch eines Tages ist plötzlich alles anders:

Es fängt damit an, daß am Morgen ein sehr warmherziger Brief von Herrn Reimer im Kasten liegt, worin er die unschönen Vorkömnisse in der Hochschule mit einer schweren Psychose erklärt - ausgelöst durch einen Hirntumor, der mittlerweile beseitigt worden ist. Die Kollegin Frau Hussel habe mit den ganzen üblen Geschichten gar nichts zu tun - all die Gemeinheiten und Gerüchte habe **er** *aus purer Bosheit eingefädelt, so daß Frau Kettlers frostige Ignorierung der Kollegin im Nachhinein als pure Arroganz umgedeutet werden muss. (Dies aber ist Frau Kettler in diesem freudigen Moment völlig wurst)*

„Marie, ich habe nie aufgehört, Sie zu lieben!" schließt der Rektor den Brief in leicht pathetischem Tonfall, und bittet um eine Aussprache auf dem Klippeneck in der nächsten Vollmondnacht.

Abends klingelt es. Vor der Tür steht Frau Kettlers Bruder, den sie seit zehn Jahren nicht mehr gesehen hat. Als sich die Geschwister so gegenüberstehen löst sich der Groll, der sich in einem ganzen Jahrzehnt angesammelt hat ins Nichts auf, und man fällt einander lachend und weinend in die Arme. In dieser Nacht kommt Frau Kettler erst sehr spät ins Bett, weil es so viel zu erzählen gibt. Kurz vorm Einschlafen fällt ihr plözlich auf, daß die schrill und rostig klingende unreine Sexte in ihrem Gehörgang verschwunden ist, und zum erstenmal seit Jahrzehnten fällt sie in einen tiefen, erholsamen Schlaf.

Während ich noch darüber nachsinnierte, daß es einem doch wohl ein Herzensbedürfnis sein müsse, das Gute in seinen Mitmenschen zu entdecken, bin ich beim Einmünden Richtung See nochmals an dem Herrn mit dem Hündchen vorbeigehoppelt. Er gab ein gedehntes „Hallööh!" von sich und seine ohnedies nur ziellos herumtrippelnden Schritte kamen zum gänzlichen Stillstand, bereit sich zum Zwecke einer kleinen Plauderei fest im Boden zu verwurzeln. Doch ich stürmte so rasch ich nur konnte an ihm vorbei, und nahm die noch unausgereiften Gedanken im Kopf einfach mit.

In der Bild am Sonntag las ich Schockierendes über den Mord an der elfjährigen Christina A. aus Doberstau bei Leipzig. Einem Dorf, von dem es heißt, es sei von Hass gespalten wie mit der Axt. Opfer und Täter lebten in direkter Nachbarschaft. Die tabakimprägnierte Mutti von Christina A. sieht bitter, hager und verlebt aus. Zwischen den nikotinvergilbten Fingern steckte ein Zigarettchen, so daß man sie vielleicht nicht so gerne als Mutter hätte, zumal sie eher ausschaut wie eine Frau, die ihren Liebhaber zerstückelt in der Tiefkühltruhe aufbewahrt, denn wie eine liebende Mutter.

Während die Mutti vom 16-jährigen Marcus T., der in die Jugendjustizvollzugsanstalt in Plauen geschafft worden war, eher wie ein ganz normales Blödchen aus dem Fitnessklub wirkt.

Dann las ich über den renommierten Geigenvirtuosen Julian Rachlin, der sich ein kleines Ziegenbärtchen stehen ließ und sich für den BILD-Fotografen geckenhaft mit seiner teuren Guarneri auf einem Sofa in seiner New Yorker Wohnung lümmelte. Sogar von einem Cigarettchen, das er soeben zuende geschmaucht hatte war im Text die Rede, und auch über seine Erfahrungen in der Liebe ließ der Gecke einiges durchschimmern. „Es ist wie mit der Liebe!" gab er sich erfahren und kundig.

„Ich bin drei Stunden nach dem Konzert noch immer nicht ansprechbar!" schmückte er sich mit dem Nimbus des Genius.

Montag, 14. September

Zunächst Spülregen.
Dann lachte hin und wieder die Sonne ins Zimmer,
als wolle sie dem Regen
eine lange Nase hinterherschicken.
Nachmittags grimmig bewölkt
mit der Tendenz zum Regnen

Am Morgen gischtete und spülte der Regen erneut. Bestürzt konstatierte ich, daß es jetzt morgens, wenn ich mich erhebe, noch gar nicht richtig hell ist. Aber dafür bin ich zu früher Stund neuerdings voller Schaffenskraft, und die Studien auf meiner Violine in gischtigem Huulwetter vor dem Schrägfenster machte mir großen Spaß. Ich bin eigentlich sehr fleißig und arbeite den ganzen Tag.

Gestern hatte die Nicoletta Geburtstag, und stellvertretend für das Professor/Schüleringespann hatte ich bereits über mich selber gedacht: „Ob die einsame Kika wohl darauf spekuliert, zu vorgerückter Stund noch zu einem Umtrunk gebeten zu werden?" Aber dann hätte ich überraschend gesagt: „Es geht nicht, weil ich mir selber immer so viele Hausaufgaben aufbrumme und somit keine Zeit habe. Nicht mal für den Geburtstag einer Dame!"

Die Außenstehenden mag mein Leben an jenes von Herrn Saito* in Sapporo erinnern.

*Herr Saito: Hausmeister in Japan. Ein Herr, von dem wir streng genommen nur das Türschild kannten. Und doch bestimmt dieser Mensch bis zum heutigen Tag unser Leben.

Grad aus jenem Grunde, *weil* man ihn nie sah, beflügelte er unsere Fantasie. Ich begann eine Seifenoper über die Familie Saito zu entwickeln, mit der ich Ming fortan von früh bis spät unterhielt und mich von meinen eigenen Erzählungen überraschen ließ. Herr Saito in dieser Geschichte lebte als Wörkoholiker in Sapporo und hatte niemals Zeit für gar nichts. Schrieb ihm seine Frau einen Brief, so antwortete er äußerst knapp und unterschrieb mit folgendem Wortlaut: In Eile, Saito

Jeden Tag lerne ich eine Seite der Violinliteratur auswendig, und wenn es so weitergeht, kann ich mich heut in einem Jahr stolz mit 365 auswendig beherrschten Seiten brüsten.

Im Mittagsjournal kam eine Reportage über eine Dame, die eine Marktlücke gestopft hat: Eine Versöhnungsagentur, die einem den Weg zum vollkommenen irdischen Glück ebnen soll: Man müsse seine Verwandt- und Bekanntschaftsliste sorgsam abklopfen, um zu schaun, wem man böse ist, und mit diesem Jemanden sollte man sich versöhnen, bevor es zu spät ist. Jeder Tag, an dem man ungelöschten Groll mit sich herumträgt, ist ein verlorener.

Gleich der erste Kandidat, der sich meldet, ist überraschend Bill Clinton, der im Flugzeug von dieser neuge-gründeten Agentur gehört hat und sich mit seiner Hillary wieder versöhnen möchte. Er erträgt das Schweigen und die eisigen Blicke nicht mehr. Aber auch mit der Monica würde er sehr gerne seinen Frieden schließen, und so bestellt die Dame mit der innovativen Idee alle drei zu einer Sitzung ein. Plötzlich zückt die Hillary einen zierlichen Damenrevolver und schießt ihrem Bill mitten ins Herz. Kein anderer Präsident der Vereinigten Staaten endete jemals auf diese tragische Weise.

In windiger Wetterlage und leisem kühlen Sprühregen verließ ich zur Nachmittagsstund das Haus, um die Musikbibliothek zu besuchen und musikalische Köstlichkeiten einzusammeln. Chorwerke von Brahms beispielsweise, von denen ich zur Stund noch überhaupt nichts weiß.

Im Hörkabüff freundete ich mich mit einem chinesischen Opa an, der dort eine Videoaufnahme überspielte. Er sei herbeigereist, um seine Nichte Man-Tang zu besuchen.

Daheim rief die Flensburger Veranstalterin „Frau Schmitz-Hübsch" an. Sie frug: „Darf man fragen, wie alt Sie sind?" „Ich bin schon über dreißig!" sagte ich verschämt, „ich bin schon reif!"

„Das glaube ich Ihnen!" sagte Frau Schmitz-Hübsch eifrig.

Joggen in zweifelhafter Wetterlage (Sprenkelregen) war ich auch und als ich wieder daheim war, hatte mir Herr Rost so nett auf bayrisch auf den Anrufbeantworter gesprochen. Nach seinem Urlaub in Grönland wirkte er gelöst und wohlgestimmt, und ich rief ihn gleich zurück. Wir verstanden uns einfach fantastisch.

„Ihr solltet gelegentlich mal einen Bergsteigerurlaub in Ostfriesland machen!" zündete ich einen gewagten Scherz, der auf den ersten Horch womöglich gar nicht als Scherz wahrgenommen wird. Aber Ostfriesland wirkt auf der Landkarte wie das Gesicht eines asiatischen Säuglings, mit einem fast plattgebügelten Näschen. Die winzige Erhebung könne eventuell den „Eierberg" symbolisieren, auf dem man im Winter Schlitten fährt.

Am frühen Abend wartete eine Begegnung auf mich: Herr Prof. Kebap vor dem Portal vom „Minimal". Anders als ein normales Hochschulmitglied, das im Vorübergehen, Eile symbolisierend, die Hand zum Gruß erhebt, stürmte ich freudig auf den Professor zu. Der Professor zeigte sich von einer ganz entzückenden Seite, und bald schon keimte eine Stimmung auf, in der man sich näher hätte befreuden können, wenn nicht der Professor nun an die hübsche Colette gekettet wäre.

Der Professor weiß schon jetzt genau, wann er in Rente gehen wird: Am 31. März 2018 hält er seinen letzten Arbeitstag ab, sofern es sich nicht um einen Sonntag oder gar einen Osterfeiertag handelt. In diesem Falle dürfte er den Schlüssel sogar schon ein wenig früher abgeben.

Ich erzählte vom geplanten Treffen in Ulm am 20. Juni 2020 und warum ich den Zeitraum so großzügig halte: 1.) um die Vorfreude ein wenig zu dehnen, und 2.) damit niemand eine Ausrede hat.

Der Professor erzählte, daß die hübsche Colette demnächst nach Schaffhausen zieht, und so werden wir uns nach menschlichem Ermessen in diesem irdischen Leben wohl nie wieder sehen. Wozu auch? schickte ich dem traurigen Gedanken sogleich einen neutralisierenden hinterher.

Wir standen im verregneten Trossingen und bibberten je ein wenig vor Kälte. Der Professor hätte mich gern nach Hause gefahren, doch ich zierte mich, da man nie weiß, mit wem man es zu tun hat. Hinter der Fassade des netten Nachbarn und Kollegen könnte sich der Würger von...? verbergen. (Keine Ahnung, wo der Professor herkommt.)

Daheim schmiegte ich mich in meinen Schaukelstuhl, verzehrte zwei Reistaler mit Nutella und schaute „Hallo Deutschland".

Heute wurde von der Musikstudentin Christina Becker, 22, berichtet, die in Münster von einem Unbekannten ermordet wurde, der immer noch in

Freiheit unter uns lebt. Sogar mit einem Speicheltest wird an ihm herumgefahndet. Bislang vergebens.

Dienstag, 15. September

Harsch bewölkt. Tendierung zum Tröpfeln

Zu meinem Morgenkaffee schaute ich mir einen Film über die Dresdner Staatskapelle an, die von Giuseppe Sinopoli geleitet wird. Einem eitlen Herrn, der auf der Bühne womöglich „tausend Tode stirbt", wie einst der Grebensteiner Stadtmusikant Michael T. seinen eigenen Wortbekundungen zufolge?

Leider klang die zweite Symphonie von Brahms unter der Stabführung des schmucken Italieners, der sich ein imponierendes Äußeres zugelegt hat (Löwenmähne, Zwicker und Vollbart), etwas hölzern und buchstabiert... oder aber transparent und markant, wie ein wohlwollender Kritiker es vielleicht positiv umdeuten würde.

Als Privatperson schien mir der Dirigent eine Variante von Ion Tiriac, Boris Pergamenschikow und der taiwanesischen Variante von Ion Tiriac, Felix Chen. Doch mit dieser Beschreibung habe ich wohl eher die Aufgezählten, denn den Taktstockschwinger selber treffend beschrieben?

In der Eisenbahn hatte er sich von den grölen- und witzelnden Tuttischweinderln* absentiert und saß in einem Einzelabteil der ersten Klasse, wo man ihn in einer Partitur blättern sah.

*So werden die Musiker im Orchester genannt. Ist jedoch nicht bös gemeint

Noch am Vormittag verließ ich das Haus, um neue Saiten für meine Violine zu kaufen. Es wird langsam herbstlich und kalt, und ich habe kein gescheites Mäntelchen, sondern bloß einen weißen Plusteranorak, in dem ich mich selber auf depersonalisierende Weise an ein „österreichisches Schihaserl" erinnere.

Als ich in der Geigerwerkstatt stand, - hervorragend bedient von Herrn Leubners Mitarbeiterin „Flitzi" - leuchtete plötzlich die Sonne durch das verheulte Wetter. Es erinnerte an eine ergreifende Stelle in einem Roman, wenn ein Drama plötzlich eine Wende zum Guten erfährt. „Bis zu diesem Zeitpunkt war mein Leben eine reine Tragödie..."

Meine Füße trugen mich durch den nassgeregneten Park direkt ins Tonkabüff von Herrn Rost. Dadurch, daß die Arbeit praktisch in den Endzügen liegt und nur noch kleine kosmetische Korrekturen anstehen, herrschte eine heitere, gelöste Atmosphäre. Meist stand ich neben dem fleißigen Herrn Rost am Computer und verglich seine Virtuosität auf diesem Gerät, das für die ältere Generation ein Buch mit sieben Siegeln ist, mit der Faszination, die von einem Klaviervirtuosen ausgeht.

An Herrn Rost gefällt mir besonders Folgendes: Er lacht herzlich über jeden Scherz, geht auf alles ein, und hat nichts „Abwesendes" an sich. Im Grunde ein Herr, mit dem eine unkomplizierte Frau wie ich ein Leben lang glücklich sein könnte. Wir sprachen über den Herrn Prof. Kebap und die Sünden vom Präsident Clinton, die derzeit in aller Munde sind. Doch Herr Rost findet es lächerlich, daß dererlei in der Öffentlichkeit derart breitgetreten wird. „Die Sünden vom Klünden!" reimte er dann allerdings noch schnalzend und scherzend, so daß der kleine Reim noch eine Weile über dem Arbeitstisch schwebte, bevor er sich ins Nichts auflöste.

Ich hörte mir die ganze CD nochmals an, und noch immer schienen mir ein paar kleine Schürfwunden beklagenswert. Doch macht man alles perfekt, so heißt´s hernach „Ohne Ecken und Kanten. Zu glatt!"

Im Treppenhaus begegnete ich Frank G., dem sog. „Komüdiän", und verwickelte ihn aus einer Laune heraus in eine kleine Plauderei. Mich interessierte, ob es für die „Drei alten Schachteln" nicht demütigend sei, daß er sie einfach „alte Schachteln" genannt habe?

„Oh nein! Sie nennen sich doch selber so", erklärte der Frank auf eine freundliche, liebevolle Art, da er die alten Schachteln so tief ins Herz geschlossen hat, als seien es seine Großmütter. (Drei verstaubte Chanconetten, die bereits sehr am Rande des Grabes wackeln: Helen Vita, Brigitte Mira und Evelyn Künneke).

Ich erzählte von den drei Söhnen meiner Oma: Die Nase eines jeden Nachfolgenden schien eine Spur weniger spitz als die des Vorhergehenden, zeichnete ich das Bild eines Naturphänomens. Die Nase ihres Erstlings, der leider früh starb, wäre so spitz geworden, daß man sich damit den Schmutz unter den Fingernägeln hätte hervorpuhlen können. Nadelspitz! Ich sah die Nase, die leider nie erblühen durfte plastisch vor mir – und nicht genug damit: Ich sah sie auch noch durch die Sinne vom Frank!

Dann erzählte ich, daß nach dem zehnten „Musikalischen Sommer" Gegenstimmen laut geworden seien, denn überall bilden sich bald Gegenstimmen. Sie bilden sich um des Gegenstimmenbildens wegen.

„Nach zehn erfolgreichen Sommern wäre es nun an der Zeit einen würdigen Schlußstrich zu ziehen!" forderte der dümmliche Stadtrat Enno S., doch eine Begründug für diese absurde Forderung blieb der Kulturducker schuldig.

Ich erzählte von meiner CD: Bei jedem Durchhören finden sich zwei Kleinigkeiten, und wenn diese Kleinigkeiten sodann beseitigt sind, finden sich die nächsten Kleinigkeiten und so geht es immer weiter.

Auf dem Parkplatz am See - einem Ort der Begegnung - traf ich die Küchenhilfe Kornelia mit ihrem Mann und Dackel „Bienchen". Bienchen heißt eigentlich „Sabine". Da Sabine jedoch ein Mädchenname ist, steht er einem Dackel nicht so besonders zu Gesicht, so daß man ihn jetzt Bienchen nennt, obwohl dieser Name strenggenommen ebenso wenig passt. Die Kornelia begann eine kleine Plauderei, und ihr Mann, ein rechtschaffener Schwabe, stellte sich diskret abseits. Ich erfuhr, daß dieses, durchaus noch jugendlich wirkende Ehepaar bereits vier erwachsene Söhne habe, von denen der Jüngste bereits 18 ist. „Mir hän früh o´gfangö!" sagte die Kornelia. Wir haben früh angefangen

Plötzlich entstieg mein Lieblingsehepaar Reichmann seiner Limousine. Die Wiedersehensfreude war von beiden Seiten her riesig. Heute schenkten mir die Eheleute gar einen Leibnitzkeks.

Ein zweitesmal begegnete ich ihnen auf dem Heimweg am „Stöckelschuh". (Einem Baum, der aussieht wie ein in die höhe ragendes Bein, an dessen Ende sich ein Stückelschuh befindet.) Herr Reichmann erinnerte mich heut ein wenig an den Opa. Er will sein Auto mit Äpfeln beladen, und wenn sie mich dann mal wiedersehen, so bekomme ich einen geschenkt! Ins Tagebuch will Herr Reichmann heute schreiben: „Fräulein König getroffen. Über Äpfel und Schwalben gesprochen. – Das reicht!" setzte er hinzu, denn wenn man das alles noch lesen wollte, so würde der Lebensrest auf ein Minimum zusammenschrumpeln.

Heute habe man auf dem Gaugersee gesehen, wie die letzten Schwalben, die sich nur ungern von all den Naturschönheiten hierzulande trennen, in den Süden aufbrachen.

Aus der Baarstraße wackelte mir etwas knorrig gestimmt der Kinderfänger entgegen. Grüßend hob er den Schirm und ich blieb kurz stehen, da der alte

Mann auf dieser Welt niemanden mehr hat und mich unendlich dauert. Heute schien er grämlich gestimmt, da ihm das Leben in Trossingen schlicht zu langweilig ist. Man verlässt das Haus und wüsste nicht einmal, welche Himmelsrichtung einzuschlagen wäre, geschweige denn, was man vorhabe.

Dieser Herr ist nicht so ganz mein Fall, die Reichmanns jedoch liebe ich schon fast so sehr wie Opa und Mobbl und könnte mir sehr gut vorstellen, einfach zu denen zu ziehen, um den Rest des Lebens bei ihnen zu verbringen.

Ich riet dem einsamen Herrn aus Kasachstan, den Tisch immer für zwei zu decken. Dann ließe sich jemand dort hindenken, oder man nimmt ein Bild von der Wand auf dem jemand abgebildet ist, und diesen Jemanden könne man somit nach Herzenslust anmonologisieren. Und wenn vielleicht zufällig Besuch kommt, so sieht der Besucher, daß man sein Kommen mit dem sechsten Sinn vorerfühlt, und sich bereits auf ihn gefreut hat.

„Ha...da kommt kein Besuch!" sagte der alte Mann mürrisch.

Abends telefonierte ich mit Omi Mobbl. Ich war so nett zu Mobbln und zum Schluß sagte ich zärtlich: „Mobblchen, es hat mir jetzt so gut getan, Deine Stimme zu hören!" und dies stimmte auch.

Meine These, daß der Wurf von der Esslinger Oma sich von hinten aufrollt, hat sich bestätigt: Die Tante Lore ist gestorben, und auch wenn ich die Lore im Jahre 1980 nur ein einziges Mal gesehen habe - und dies, ohne zu wissen, daß sie das sein soll (sie saß neben mir in Mings großartigem Klavierabend und Berliner Debut am 8. Dezember 1980), so schossen mir augenblicklich heiße Tränen in die Augen. Jetzt ist nurmehr der Opa da, und man hörte ihn im Hintergrund ungebührlich seinem Schwager Häfelin hinterherschmähen, der einen Keil in die einst so glückliche Familie Rothfuß getrieben hatte.

Mittwoch, 16. September

Immer noch verquollen.
Allerdings eher windverblasen
und durch die Wolken selber stob die Hoffnung,
daß es besser wird

Im Traum *rief Buz an und bat mich, Senta Wollheim anzurufen,* eine Uraltbekannte, an die man im wahren Leben seit Jahrzehnten nicht mehr gedacht hatte *um sie zu bitten, ein Brot mit Ei für ihn vorzubereiten, da er in wenigen Stunden im Rahmen einer Butterfahrt durch Singen am Hohen Twil zu fahren gedachte. Ich tat´s und hatte hinterher das Gefühl, nicht höflich genug gewesen zu sein.*
Dann lief ich ins Bad und erlebte mein blaues Wunder: Irgendjemand hatte ein großes Loch in die Wand gesägt und dahinter einen langen Flur angelegt, den man beschreiten durfte, und der offenbar irgendwo hinführte. Er führte das Bad höchst geschmackvoll weiter, aber irgendwann machte er eine Biegung und verlor sich hinter einer Mauer. Es sah fantastisch aus und wirkte höchst geheimnisvoll, da man keine

Ahnung hatte, wohin dieser Weg wohl führen würde? Es war
wie mit dem Leben selber, denn wer weiß schon, wohin ihn
seine Füße noch tragen werden?

Der Onkel Hambum sei´s gewesen, erklärte Ming. Und er
selber war´s, der den den wohlhabenden Onkel zu diesem
kühnen Schritt überredet habe.

Der Mittwoch ist für mich, zumindest in den nächsten 18 Wochen, ein ganz besonderer Tag, denn während ich noch im Bett schmurgelte, wurde ein „Ehen vor Gericht" Drama für mich aufgezeichnet. (Ab sofort jeden Mittwoch um 9.03 im ZDF)

Ich kaufte mir eine Seele und schaute den Fall „Lohmann gegen Lohmann": Ein graumelierter Herr hatte vor vier Jahren ein Bordell besucht. Seine Frau, eine höchst elegante Dame in den Vierzigern mit einer geschmackvoll und adlig wirkenden zurückgesteckten Wellenfrisur gab sich ihrem Mann gegenüber hart und hysterisch. Wie in so vielen Ehen hatte sich die Liebe in bodenlosen Hass verwandelt.

Meist ist es so: Die Frauen sind hochkompliziert, weil sie so hohe Ansprüche stellen, und die Männer zeigen dafür kein Verständnis. „Du hast doch alles!"

Ich legte eine Karrierezapfstunde ein, und tätigte einige Anrufe:

Diese Vertröstungsmelodien am anderen Ende der Leitung immer! NTF Ntf ntf ntf ntf .....bitte haben Sie noch einen kurzen Moment Geduld. Sie werden gleich bedient. NTF ntf ntf ntf ntf.

Beim Üben war ich vorwiegend mit Bachs Doppelkonzert beschäftigt. Einem göttlichen Werk von nahezu überirdischer Schönheit, wenn ihm nicht jener fade Beigeschmack vom „Marlboro-Festival" und der diesem Kulturspektakel nacheifernden „Open-Chamber-Music" von John Kraitz anhaften würde: Senior mit Junior! Oder, anders ausgedrückt: Meister von gestern mit Meister von morgen…."old meets young", wie der moderne Mensch sagt - eine ekelhafte Idee, die die Ausführenden auf unappetitliche Weise in den Fokus rückt. Am Pult der ersten Violine ein abgewrackter alter Geiger, dessen Gefühle weitestgehend verdörrt sind (ungeübt – „dieses Werk habe ich gefühlte hunderttausendmal gespielt"), mit einem jungen Ehrgeizling, der im allgemeinen „von harter Hand", sprich, einem unerbittlichen Pädagogen aus dem Osten darauf vorbereitet wurde. Und somit ist es ganz schön schwierig, dieses unschuldige Meisterwerk von dieser häßlichen Patina zu befreien.

Meine Gedanken wanderten zur hübschen Colette hin und ich frug mich, ob es ihr womöglich im Alter so ergeht, wie Opas Schwester Lore? Eines Tages ist sie verstorben, und ihr Bruder zetert am Telefon ungezogen darüber, daß er das mit dem Professor Kebap hat kommen sehen und nie gutgeheißen habe. Der Professor habe die Colette in ihr Unglück getrieben, und der alten Mutter habe dies das Herz gebrochen.

Hie und da wurde ich angerufen. Buz, in irgendeiner Telefonzelle zwischen Berlin und Usedom klang so vergnügt. Es sei eine sehr lustige Reise gewesen, erzählte Buz warm.

Dann rief mich Hildes Tante aus der Schweiz an: Das Geschirr sei geliefert worden.

Heute joggte ich bereits kurz nach drei im Winde. Hernach kaufte ich mir als Dank (für mich selber) einen Zwiebelkuchen, und durch das großformatige Bäckereifenster sah ich, wie die Colette in leicht freudloser Ausstrahlung vorbei lief, ohne nach links und rechts zu blicken.

Um Punkt fünf kamen die Krögers. Wir schufteten etwas stereotyp an Mozarts D-Dur Konzert KV 211 herum, da der Matthias immer so etwa die gleichen Fehler macht. „Vielleicht sollte man das Ganze mal umdrehen!" dachte ich und schlug vor, daß er *mich* mal unterrichte. Dies öffnet ihm doch wohl den Blick für etwaige Mängel, die man so nicht stehenlassen kann, hoffte ich.

Eine Atmosphäre wie in der Natur kam auf: Der Moment, wo eine Vogelmutti ihre Jungen aus dem Nest stößt, damit sie endlich fliegen lernen.

Ich selber stümperte ein paar Zeilen zusammen und bat um pädagogischen Rat. Etwas, das den kleinen Schatz in große Verlegenheit stürzte, da er leider noch nicht so recht zum Pädagogen taugt, und somit keine Ahnung hat, wo der pädagogische Hebel anzusetzen sei.

Abends rief mich die Simone an. Sie hatte ein Konzert mit Ming und Roman im Radio gehört, und so sprachen wir darüber, daß Romans Papi dem Herrn Sohn nun eine Cello-Suite nach der anderen komponiert und widmet. Die Werke klingen wie die Musik zum weißen Hai II, zum weißen Hai III, zum weißen Hai IV und so weiter. Gruselmelodien, die ans Herz greifen. Einmal habe der Roman eine scheue Bemerkung darüber gemacht, daß er mit der Einstudiererei gar nicht mehr nachkommt, und da griff Vati Boris sich einen ganzen Stapel Noten, warf ihn auf aggressive Weise in den Kamin und sagte sauertöpfisch: „Dann sag doch bitte gleich, daß es dir nicht gefällt!"

Ich erzählte der Simone eine Geschichte aus meinem Leben: Wie ich als 16-Jährige mal über viel Geld verfügte (1200 Mark = verdient bei einem Konzert in Dortmund). Doch statt es sinnvoll anzulegen, ging ich damit auf den Halli-Galli-Markt und kaufte ein Los nach dem anderen, bis ich einen billigen Plastik-fotoapparat gewann. Ming sei aber so erbost gewesen, daß seine große Schwester so infantil ist, daß er ihn mir aus der Hand gehauen hat. Davon splitterte ein Stückchen ab, und dies wiederum tat dem feinfühligen Ming soooo leid!

Dann rief ich die Hilde wegen meinem schönen Schirm an, den ich so sehr vermisse. Die Hilde war sehr nett, und verbindend sprachen wir darüber, daß man sich jetzt eigentlich auf den Altweibersommer vorfreuen müsste – doch von wegen! Schon wieder trommelte ein Kurzregen an die Fensterscheibe.

Seit heute höre ich nun die vierte Symphonie von Brahms. Das Scherzo ist der helle Wahn an Genialität. An den zweiten und vierten Satz muß ich mich erst gewöhnen.

Donnerstag, 17. September

Am Morgen Srühregen. Verquollene Bewölkung.
Hie und da kleine blaue Oasen am Himmel.
Tümpel im Gewölk, wenn man so will.
Mittags immer noch harsch bewölkt und windig herb

Als ich mich erhob, gischtete im Halbdunklen der Regen.

Am Küchentisch sitzend schrieb ich mein leicht verspätetes Briefabbo an Ming, wobei ich zunächst nur mühevoll in die Gänge kam. Wie ein Kritiker referierte ich über die zweifelhafte Patina, die Bachs Doppelkonzert anhaftet. Doch als es um Opas jüngst verstorbene Schwester Lore ging, geriet ich in Schwung. Ich erzählte Ming, wie der Opa der Verstorbenen und ihrem noch verstorbeneren Ehemann „Häfelin" gestern wüste Schmähkanonaden hinterhergeschickt hat. Die Lore sei ja selber traurig gewesen, Ihren Eltern nicht jenen Schwiegersohn präsentieren zu können, den sie verdient hätten, - aber gegen die Macht der Liebe sei man eben leider machtlos - habe sie schmerzhaft am eigenen Beispiel erfahren müssen!

Dann war ich trotz des ungemütlichen Sprühregens auf dem Markt, um Äpfel zu kaufen, da um neun Uhr die Simone zum Frühstück kommen wollte.

Auch auf dem Markt war das Wetter Thema Nummer eins. Erstmals trug ich wieder meinen schwarzen Wintermantel - einen stummen Zeugen meiner Romanze mit Herrn Reimer.

„Das Tief bringt´s Hoch nimmer hoch!" scherzte der lustige Mann am Apfelstand.

Bald schon saßen Simone und ich uns am Frühstückstisch gegenüber. Ich sprach davon, wie sich der kleine Matthias so gerne vor seiner Einberufung zum Bund ducken würde, aber vielleicht hilft nur noch ein billiger Trick, da man in der Regierung leider immer unerbittlicher würde: Sich zur Frau umoperieren zu lassen.

Überhaupt ist es Mode geworden, sich zur Frau umoperieren zu lassen, da sich viele gerne schminken und in hochhackigen Schuhen durch die Hochschule stöckeln.

Wir hörten uns das Violinkonzert von Tschaikowski an, das ganz erstaunlich und doch so harsch im Ausdruck, daß man sich nicht wirklich davon berührt fühlt, von der damals 25-jährigen Anne-Sophie Mutter interpretiert wurde.

Am Nachmittag war ich im Reisebüro und freute mich über den so schön ordentlich gedruckten Reiseplan nach Butzbach.

Bedient wurde ich von der jungen „Frau Müller", einer Dame, die ich sehr gut leiden kann. Sogar meinen Namen hatte sie sich gemerkt - nämlich „Frau König" (natürlich!) - da ich eine sehr eifrige Kundin bin. Neben ihr klimperte ein häßliches, scharmfreies, zirka achtjähriges Mädchen verbissen absorbiert auf dem Computer. „Oh, eine neue Hilfskraft!" rief ich aus, doch niemand ging auf den verbindenden kleinen Scherz ein.

Im Laden daneben kaufte ich mir noch einen rotglänzenden Annorak. Eine Dame fragte die Ladenbesitzerin, was es koschd, alte ausgeleierte Kleidungsstücke in die Seköndhänd-Ecke zu hängö. „Dös koschd nix!" was es kostet, alte ausgeleierte Kleidungsstücke in die Zweithand-Ecke zu hängen? „da haben Sie ja gar nichts davon!"

„Da hän sie ja gar nix von?!" wühlte die Kundin mißtrauisch nach einem Hasenfuß.

Der Kauf freute mich solchermaßen, wie es vielleicht einen anonymen Shoppoholiker freut, der einen Kauf getätigt hat.

In der Volksbank zahlte ich hundert Mark auf mein neues Sparbuch ein. Doch je mehr sich auf dem Sparbuch ansammelt, desto ungerner hebe ich etwas ab.

Am Abend marterte mich die Entscheidungspein, ob ich wohl mal wieder ins Wirtshaus gehen sollte?

Ich liebe Wirtshäuser, und dies *könnte* ich von Opas Vater geerbt haben, von dem es heißt, daß er jeden Abend ins Wirtshaus ging.

Gestern stand allerdings in der Zeitung, daß eine 34-jährige Dame in Trossingen von einem düsteren ███████ mit dem Messer bedroht und zur Herausgabe eines 50-Markscheins genötigt wurde, obwohl sie doch selber so wenig hat.

Im Schneidekabüff der Hochschule:
Herr Rost erzählte, daß seine Mutti an der Nase operiert wurde und jetzt ein bißl anders ausschaut als früher, so daß man Mühe hat, sich an den neuen Anblick zu gewöhnen. Es ist, als sei sie gestorben, und ihre Zwillingsschwester kümmere sich nun um den Nachwuchs der Verstorbenen.

„Na, jetzt hat er erstmal seine 50 Mark!" dachte ich über den räuberischen ███████ und begab mich ins „Milano". Unterwegs wäre ich jedoch fast wieder umgekehrt. Mich gruselte die unheimliche Beleuchtung der matten Funzeln am Wegesrand und die Einsamkeit.
Tatsächlich mußte man sehr damit rechnen, auf dem Heimweg überfallen und ermordet zu werden, und so konnte ich meinen Dortsaß kaum genießen. Ich war der einz´ge Gast zu so später Stund.

Daheim telefonierte ich sehr nett mit Buz und Rehlein, denen ich meinen Brief an Herrn Ahrends vorlesen durfte. Meine süßesten Eltern hatten den Abend damit verbracht, sich vor dem Bildschirm über die Wahl zu informieren. Rehlein riet „Grün" zu wählen, und überhaupt ist Rehlein so rührend engagiert und hat sich gar um eine Briefwahl für Ming und die Großeltern gekümmert.

Freitag, 18. September
Trossingen - Frankfurt

Es wird wieder richtig schön.
In Stuttgart war´s zwar mal dick und grau bewölkt,
doch ansonsten tendierte es zu
lieblichen Sonneneinstrahlungen.
(Die Zugfahrt nach Frankfurt
war von einzigartigem Zauber. Sonnenglanz satt)

Bevor im Morgengrauen der Wecker losschrillte, ging´s mir überraschend gut, obwohl ich geradezu schockierend geträumt hatte: Nämlich *daß sich kurz oberhalb meines Knies eine fingerdicke giftgrüne Krampfader in die Höhe schlängelte. Wie eine Schlingpflanze in Zeitraffer umschnürte sie das Bein, so daß ich bereits drum bangen mußte, es könne eventuell schwarz anlaufen und müsse noch heute notamputiert werden. Doch ob ich so große Lust drauf hätte, ein Leben als Einbeinige zu führen?*

Ich hatte mich zu einem Erlebnisnachmittag in einer Badeanstalt angemeldet, mußte somit im Bikini erscheinen, und die dicke Krampfader zog alle Blicke auf sich.

Unzählige Touristen gönnten sich den Badespaß mit steilen Rutschen, Springbrünnen und dergleichen mehr.

Im Morgengrauen war ich so wohlig müd, und außerdem fühlte ich mich so schön gehalten und geborgen in meinem Körper.

Zu einer bekömmlichen Tasse Karokaffee schaute ich „Lady Chatterleys Liebhaber" und war gebannt: Die Lady hatte eine ähnlich sittsame Ausstrahlung wie Lady Di, und doch brodelte in ihrem Inneren ein Vulkan!

Ich besuchte das Schallplattenkabüff in der Hochschulbibliothek. Dort nervte mich ein hagerer, devot umeinander pussierender Asiate. Kaum hatte ich mich an einem Eck niedergelassen, die Kopfhörer übergestülpt und wollte den Klängen lauschen, da bat er mich auch schon in rudimentärstem Kanackendeutsch den Platz zu wechseln. Aus seinen üppig gepolsterten Kopfhörern zischte scharfes Akkordeongequetsche.

„Zu laut!" sagte ich und fühlte mich dabei wie der Yossi, der beim Proben ununterbrochen alles zu laut findet. „Schschschsch!" zischte ich scharf. Doch der junge Herr verstand nicht einmal das, und dann wollte er mir weismachen, der Computer würde nur aufnehmen, wenn sein Kopfhörer dort hinge!

Heute kam mir meine Aufnahme sehr hallig vor, und ich als Hörende versetze mich in einen kritischen Hörer hinein und frug mich unfroh, ob ich vielleicht doch so klänge, wie eine typische Geigerin, die sich wichtig machen und hervortun möchte? In der g-moll Fuge war ich so angespannt, daß mich sogar das lächerliche Gefühl beschlich, mir könne beim Spiel auf der CD eine Saite reißen. (Aus Furcht, Herr Rost hätte vielleicht einfach zwei Akkorde vergessen).

Daheim präparierte ich ein kleines Päckchen mit zwei CDs für Rehlein und Buz, deren schönstes Hobby ja ich selber bin.

Vor lauter Reisefieber kam ich heut nicht mehr zum üben, denn was alles bedacht werden muß für eine simple Reise von zwei Tagen, geht auf keine Kuhhaut!

Die Fahrt in der gänzlich veraperen Eisenbahn verlief äußerst gemütlich,

In Stuttgart verleidete mir jedoch zweierlei die Freude an einem Stuttgart-Bummel: Im Hauptbahnhof war an vier Stellen ein Zettel angeklebt, worauf zu lesen war, daß man hier vor vier Tagen eine Rohrbombe gefunden hatte. Es wurde einem so quasi unter die Nase gerieben, auf welch schmalen Pfaden zwischen Leben und Tod man dahin zu balancieren pflegt. Und zweitens: Kaum hatte ich das Päckchen an Rehlein und Buz aufgegeben, da wehte es mich an: Hab ich überhaupt die Adresse draufgeschrieben??

Ich setzte mich in die Paradiesecke im Bahnhof und orderte ein Florentiner-Eis der Firma Möwenpick. In meiner Sichtlinie saß eine total heruntergekommene zirka vierzigjährige Frau, die bloß ein Glas Wasser trank und das Haus sicherlich nur aus jenem Grunde verlassen hatte, um auf dem Bahnhof neue Freunde zu finden?

Auch die Fahrt nach Frankfurt in einem geschmackvoll weiß-türkis gepolsterten Großraumabteil verlief sehr angenehm. Das Wetter wurde zärtlich - in rosigem Gold flutete hie und da die Sonne ins Abteil. Ich schlummerte süß und als ich - aus dem sogenannten „Nichts" emportauchend - die Augen wieder öffnete, fuhren wir soeben an einem Fluß entlang, in dem sich der satte Glanz der Abendsonne spiegelte. Der Himmel über Frankfurt war von rosa Wölkchen besprenkelt.

Ich stieg an Land und bestieg einen Bus ins gefühlte Nirgendwo.

Zur Dämmerstund traf ich bei meiner Freundin Mireille ein und wurde herzlich willkommen geheißen.

Bevor wir das Miteinander genießen, müsse ich die d-moll Partita nochmals durchspielen! sagte ich gleich zu Begrüßungsbeginn, und die Mireille saß dazu auf die artige Art eines Kindes im Schaukelstuhl. Ich hatte drum gebeten, das Licht nicht einzuschalten, da ich den Zauber der Dämmerstunde genießen müsse, und so versanken wir im Laufe des Werkes in der Dunkelheit.

Heut blieben wir daheim, weil es bei der Mireille so gemütlich ist: Die sahneweißen Wände und die schönen Sonnenblumen auf dem Tisch sorgten für Behagen und Zufriedenheit.

„Für mich ist dies ein Ferienwochenende bei der Tante Mireille!" sagte ich nett. Ich ließ mich von hinten bis vorn bedienen: Zuerst gabs einen Carokaffee und dann auch noch röstbare Muffins, und da die Mireille weiß, daß ich es liebe, Briefe zu studieren, durfte ich zwei verschrobene Verehrerbriefe lesen, die die Mireille von einem Herrn namens Michael bekommen hat. Das Schreiben bestand aus philosophisch angehauchten, pseudoliterarisch aufgewärmten, aber leider unverständlichen Sätzen. Wir mußten laut lachen. Zur klanglichen Untermalung hatte die Mireille eine Werbe-CD aus Trossingen eingelegt, und es ertönten die redlichen Bemühungen eines japanischen Trompeters, der leider sehr flachbrüstig blies. Ein Foto auf der Hülle zeigte ihn mit verschlossener Miene, aus der sich allerhand herauslesen ließ. Ein Mann, der das Private und Berufliche strikt trennt und seine Gefühle nach Art eines holsteinischen Naturells sehr gerne unter Dach und Fach hält.

Dann hörten wir uns noch sämtliche Chopin Preludes mit Ivo Pogorelič an.

Sonntag, 19. September
Frankfurt – Butzbach

Der so sehnlichst erwartete Altweibersommer
brach nun leider doch nicht aus.
Waschküchenwetter. Abends leises Geniesel

In meinem Traum *spielte das letzte Haus am Ende einer langen Straße eine große Rolle. Es handelte sich um ein hässliches graues Haus, worin der Professor Kebap lebte. Gelegentlich traf man den Professor auf seinem Fahrrad. Dann grüßte er freundlich, so jedoch ohne anzuhalten, da die Zeit eines Professoren knapp und kostbar ist. Meist trug er ein kleines Körbchen bei sich, worin sich neben seinen Einkäufen gelegentlich auch ein Blumensträußlein für eine Dame befand.*

Einmal schlich ich mich ins Treppenhaus und lauschte durch die Wand, wie die hübsche Colette eine Lektion in Mozarts A-Dur Konzert erhielt. Jedes Wort hörte man glasklar und am Beginn des so festlichen „Allegro aperto" hatte die Colette, wie fast alle Geiger die „Zwei" im zweiten Takt viel zu stark betont.

Ich fühlte mich ein wenig unschlüssig, ob ich wohl ein Badhaus besuchen solle, um mir von fachkundiger Hand das Haupthaar waschen zu lassen. Doch ohne Duschhaube bleibt einem der Eintritt dort verwehrt, wußte ich, und so wollte ich mir aus Zeitungspapier eine falten und wühlte somit in einer Altpapierkiste vor dem Hause herum. Da schrillte es aufdringlichst an der Tür, und ich dachte natürlich sofort an Mireilles Verehrer „Michael". Doch es war der Postbote, den man nun im Hausflur entrüstet auf kanackendeutsch herumkläffen hörte, weil die Mireille so lange nicht geöffnet hatte.

Bald darauf saß die Mireille wieder im Schaukelstuhl und tat gar nichts Erkennbares.

„Aber vielleicht beschäftigt sie sich ja mit etwas Geistigem!" dachte ich mild, und erinnerte mich in diesem Zusammenhang an Bad Godesberg in den frühen 60er Jahren.

Die Aroma hielt Buz für einen Hallodri, und wenn er manchmal einfach so auf dem Sofa saß, während die alte Frau mit dem Staubsauger herumsaugte, konnte sie mit einer schnippischen Bemerkung manchmal kaum hinterm Berge halten.

„Der arbeitet geistig!" sagte die Mobbl, „der arbeitet mehr als wir!" Da schwieg die Aroma beschämt...

Ich selber fühlte mich wie ein frischgebackener Laib Brot, der soeben freudig aus dem Ofen gehoben wurde.

Wir hörten uns Schuberts B-Dur Sonate an - kunstvoll interpretiert von Vladimir Horowitz.

Der Tag begann für mich voller Behagen. Schon der Besuch im Duschhäusl war mir so angenehm, und dann freute ich mich auf ein schönes Frühstück vor.

„Dieser Tag war bis jetzt ein richtiger Volltreffer!" sagte ich nett. Wir sprachen über den Klavierlehrer Herrn Althapp, und ich warf die Frage auf, ob *er* es womöglich war, der die Sekretärin Britta P. ermordet hat? Er lebe direkt über einem Bestattungsinstitut, wußte die Mireille. Was wenn sich die Mireille, wie so manch andere einsame Seele, ein neues Hobby zulegte: Anderen kleine Boshaftigkeiten zuzufügen?

Sie ruft bei der Polizei an und tischt den Beamten eine interessant klingende Geschichte auf. Das Polizistenohr am anderen Ende der Leitung scheint direkt auf ihren Lippen zu kleben und versetzt sie in ungeahnten Plauderschwung: Als sie Herrn Althapp mal lose vorgeschlagen hat, gemeinsam im Stadtwald spazieren zu gehen, habe er aus heiterem Himmel einen furchtbaren Tobsuchtsanfall bekommen und sich einfach unbeschreiblich aufgeführt.

Der Beamte, der eben noch etwas dröge dasaß, wird von diesen Worten hellwach.

Und dann wird Herr Althapp stundenlang verhört und schließlich an den Tatort gebracht. Die Beamten benehmen sich unflätig, schubsen ihn und sagen: „Geben Sie's doch endlich zu, Althapp!"

Die Mireille erzählte von ihren Geschwistern, die sie in diesem Sommer wiedergesehen hat. In Japan sei es nicht üblich, sich mit einem Kuß zu begrüßen, und so begrüßte man sich eben mit einer kleinen Verbeugung - allerdings nicht sooo tief, da man ja verwandt ist. Tiefe Verbeugungen sind höher gestellten Persönlichkeiten vorbehalten.

Dann erzählte sie, daß sich ihre Schwester Johanna am Telefon oftmals ganz doof benähme. Einmal habe sie gar spitz und häßlich gesagt: „Würdest du diese depressiven Telefonate bitte sein lassen?! Ich bin nicht dein seelischer Mülleimer!"

So sei sie allerdings nur, wenn ihr Freund Baxi daneben sitzt.

Nach dem Frühstück rang die Mireille mit sich herum, ob sie vielleicht Herrn Althapp anruft und einlädt. Ich wollte unbedingt Herrn Althapps Stimme hören, und so tätigten wir einen anonymen Anruf. Ich finde, Herr Altmann klang ein wenig unappetitlich nach Morgenmantel und Mundgeruch, als er „Althapp" und „Hallloooh??" sagte, bevor er den Hörer mürrisch wieder aufklatschte.

Die Mireille spielte mir etwas auf dem Klavier vor: Ein Werk von Schostakowitsch, an dem sie derzeit herumübt, und wofür sie mehrere Anläufe nehmen mußte. Dann klang´s allerdings ganz geschmeidig, und auch die fünfte Etüde von Chopin findet sich in Mireilles zwar noch bescheidenem, so doch auch feinem Repertorium. Sie spielt in einer etwas lammeligen und lustlosen Körperhaltung Klavier und presst dazu die Lippen solcherart aufeinander, daß sie ganz weiß und blutleer werden.

Ich riet, zu Entspannungs- und Übungszwecken einen Kußmund zu machen.

Zur Mittagsstund besuchten wir eine ashramsartige Cafeteria. Ich war begeistert! Die Mireille orderte einen Eintopf mit Frankfurter Wurst und ich wiederum bestellte ein mit Haselnusspürée befülltes Croissant. Die ganze Zeit über beschwärmte ich diesen Raum. Wie schön es hier sei!

Die „Bild am Sonntag" verhieß eine neue Serie ab der kommenden Woche: „Mein Mann, der Kindermörder!" und man sah die unglückliche Kindermördergattin Marion R., 25, aus Ostfriesland, eine pummelige Dame mit unfroher Ausstrahlung von hinten.

Demnächst gibt es die Serie „Mein Klavierlehrer, der Frauenmörder!" sagte ich.

Dann eilten wir zur Straßenbahn. Auf dem Wege dorthin schien uns das Glück hold: Wir erhaschten einen Bus. Doch der blieb dann unsinnig lange im Stau stecken, so daß Worte von Udo Jürgens ihren Wahrheitsgehalt entfalteten: Das Glück kennt nur Minuten.

Wir witterten irgendetwas Sensationelles, da bereits ein Polizei-Konvoi herbeifuhr, und nachher war's nur so, daß die ganze Straße mit Geldschein-Attrappen übersäät war. Fast hätten Mireille und ich den Zug verpasst, doch rennend schafften wir's.

In Butzbach fanden wir die Wendelinkappelle sofort. Siegessicher öffnete ich die Tür und prallte entsetzt zurück: Innen agierte nämlich eine Hochzeitsgesellschaft.

In fünf Minuten würde uns der Musikschulleiter und Organisator, Herr Wartenberg, an der Pforte begrüßen. Interessiert mutmaßten Mireille und ich herum, wie er wohl ausschauen mag? Und dann war's ein sehr sympathischer graumelierter Lehrertypus mit Maulkorbbart, der uns Willkommen hieß. Die Mireille bekam in der Aura dieses Herrn allerdings eine sehr zage und schüchterne Ausstrahlung. Sie schien als Person regelrecht zu verdunsten - wie ein Wölkchen.

In der leer und ausgestorben wirkenden Fußgängerzone setzten wir uns in ein Eiscafé im Freien.
Ich aß einen Apfelstrudel mit einem Bollen
Haselnußeis, und erzählte der Mireille vom
Kindermörder Ronny R. im Cloppenburger Land an
der Grenze zu Ostfriesland, und daß die Polizei
gekommen sei, als er soeben den Rasen mähte.

Man schaltet den Rasenmäher ein und ahnt nicht:
Wenn man ihn wieder ausschalte, ist die Welt eine
andere. Allerdings hatte er bereits gewußt, daß die
Beamten kommen würden und nahm die verbliebene
Zeit als freier Mann auf Erden als Kostbarkeit.
Liebevoll kümmerte er sich um seine Familie, und
seine Frau war befremdet: „Heee, hallo?!? Du bist
doch sonst nicht sou!"

Wenig später übte ich in der Wendelinkappelle vor
dem schönen Altar. Um 20 Uhr begann das
Konzert...

Herr Wartenberg ist so nett! Ich glaube, wenn
Rehlein einen so netten Chef gehabt hätte, wäre sie
gerne in die Musikschule gegangen. Nach Buzesart
gab er mir nach dem Konzert gar einen Handkuß,
doch darüber hinaus war die Stimmung ein wenig
gedämpft, da lediglich zwanzig Interessierte erschie-
nen waren. Verdient habe ich 405 Mark.

Doch seit meiner frühesten Jugend ist fest in
meinem Gehirn eingebrannt: Alles ab fünf DM auf-
wärts ist für mich viel Geld! Und so ist es bis heute
geblieben. Besitze ich ein Fünfmarkstück, so fühle

ich mich reich und werde von der Qual der Wahl gepiesackt, was man damit wohl alles anfangen könne - grad wie ein Lottogewinner, der keine Ahnung hat, was er jetzt mit den Millionen erstmal kaufen soll.

Herr Wartenberg brachte uns auf den Kurzzug nach Frankfurt und zum Abschied hat er mich gar umarmt und geküsst. Darüber freute ich mich ungemein.

Im Hauptbahnhof Frankfurt schwärmte ich der Mireille begeistert vor, daß dies einer der schönesten Bahnhöfe der Welt sei. Vor dem Bahnhofsportal stand jedoch eine zirka 40-jährige Frau und pöbelte wüst herum.

Sonntag, 20. September
Frankfurt – Trossingen

Hellblauer Himmel.
Gelegentlich schwacher Sonnenschein.
Zahlreiche Wolken in verschiedenen Grautönen

Zum Frühstück hörten wir „Horowitz als Poet". An einer Stelle in Schuberts B-Dur Sonate wird die Taste so oft humorig repetiert, daß ich die Mireille auf infantile Weise ständig bat, die Stelle nochmals zurückzuspulen. Das Wetter war sehr schön geworden, und eigentlich wollte ich die Straßenbahn um 10.26 erreichen, um in Rottweil mit der Ute das Doppelkonzert von Bach zu proben. Aber am

allerwichtigsten war mir, pünktlich zur „Lindenstraße" wieder daheim zu sein.

Mireille und ich begaben uns zur Haltestelle.
Unterwegs schrie die Mireille einmal entsetzt auf, da
am Straßenrand eine totgefahrene Taube lag.

Und auch wenn man die Taube persönlich nie kennenlernen durfte, so dürfte dieser Anblick einem
sensiblen Menschen doch durch Mark & Bein
fahren. Ein Bild, das man nie wieder loswird!

Ich versuchte die Mireille so gut es eben geht über
diesen Schrecken hinwegzutrösten, Die Taube würde
nun im Himmel auf der Schulter von Mireilles jüngst
verstorbenen Omi Lübeck sitzen, sagte ich, und ihr
liebe Worte von der Mireille in Frankfurt ins Ohr
hinein gurren.

Die nächste Straßenbahn verpasste ich - allerdings
bewußt, da ich die Ankunftszeit in Rottweil (13:58
Uhr) als merkwürdig unpassend empfand. Bei der
Ute ist man derzeit immer zwischen Kind und
Kochtopf verwoben und kommt nicht mehr weg.
Stattdessen erwärmte ich mich für den Gedanken,
noch eine Weile lang mit der Mireille in der ashrams-
artigen Krankenhaus-Cafeteria zu sitzen. Ein neues
Hobby, das uns sehr verbindet, denn welcher
normaler Mensch setzt sich einfach so am Sonntag
in die Krankenhaus-Cafeteria?

Ich bestellte mir schon wieder ein Croissant mit
Nußmus und einen Cappuccino, und die Mireille
mümmelte in meiner Sichtlinie ein Kännchen Tee.
Durch das Fenster schaut man in den gepflegten,

englisch wirkenden Innenhof, der in der Sonne lieblich so dalag.

Als Mittagslektüre kauften wir uns die Bild am Sonntag und lasen über den kleinen „Zach" - das dickste Kleinkind der Welt.

Mireilles Mutti will, daß die Mireille ihre Wohnung „Im Tal 5" in Trossingen endlich kündigt, zumal sie bereits seit etwa drei Jahren nicht mehr dort war.

Die Wohnung befindet sich in einem schmuddelweißen, unauffälligen Haus am Saum der Hauptstraße, die serpentinenförmig ins Tal hinabführt. Ein Haus mit Fensterläden, die an schlapp herabhängende Augenlider erinnern, unter denen man mißmutig und angewidert beäugt zu werden scheint. Allmonatlich verschlingt sie zweihundert Mark für nichts. Doch die Mireille hat keine Kraft mehr zu reisen.

Das Haus sei aus nostalgischen Gründen wichtig für sie. Dies versteht jedoch kein Mensch. Niemand außer mir, zeigt auch nur das geringste Verständnis für solch einen Humbug.

Ich war ein bißchen traurig, weil mir die Mireille niemals etwas aus ihren Tagebüchern vorliest, aber es heißt ja „Kein Nichtjapaner wird jemals einen Japaner verstehen können". Die Mireille ist, nüchtern betrachtet, ein Mischling der beiden offiziell übelsten Völkern der Welt: Den Deutschen und den Japanern. Beim Konsum von Kinderpornographie ragen diese beiden moralisch verkommenen Völker wie spitze Berge aus einem Diagramm empor.

Nun aber mußten wir uns auf die Straßenbahn sputen. Ich wurde manisch geckig und schwallte die Mireille darüber voll, wie sie in der ZEIT eine Heiratsannonce aufgeben könnte: „Bildhübsche Strapsmaus, 32, sucht starke Schulter zum anlehnen." Scherzend mutmaßten wir herum, was Ute M. wohl in ihre Heiratsannonce setzt: „Hobbys: Musizieren, lesen, wandern, faulenzen (hihi). Wer möchte mir auf den Zahn fühlen?"

Die Mireille brachte mich auch noch auf die Bahnplattform, wo man nur hoffen kann, daß man jetzt nicht gleich in einen Todeszug steigt, denn es heißt ja, ein Unglück käme selten allein.

Die Mireille erzählte, daß sie schon lange kein Buch mehr gelesen habe. Sie liest nur noch Gebrauchsanweisungen, das kostenlose Käseblättle und Horoskope.

Im Zug hatte ich eine akustische Halluzination: Plötzlich hörte ich die Omi Mobbl ganz klar und deutlich „Kikalein" sagen. Ich bekam große Angst, Mobbl wäre womöglich just in diesem Moment verstorben. Für ein omafreies Dasein fühle ich mich einfach noch nicht reif genug.

Ich dachte darüber nach, daß in unserer Familie dauernd geküsst wird. Manchmal küsse ich Ming ganze Melodien auf seinen Nasenflügel. Aber es gibt auch Familien wo nie - oder zumindest so gut wie nie - ein Küsschen fällt. Über dies Thema schrieb ich auch wenig später dem Lindalein in meinem verspäteten Abbo auf der Fahrt im Kurzzug nach Rottweil.

An einer Haltestelle betrat eine Gruppe junger Schwaben das Abteil, und einer ulkte darüber, daß das viele Saufen nicht gut sei. „Vorallödingö net gut für dö Geldbeutel!" sagte ein zweiter, „Höhöhöhö!"
Vorallendingen nicht gut für den Geldbeutel

Ein anderer betrunkener Herr in meinem Nacken babbelte die ganze Zeit mit sich selber: „Dös könnet sie mit Andörö machö – herumkommandierö – aber net mit mir!" lallte er beispielsweise. Das können sie mit Anderen machen – herumkommandieren – aber nicht mit mir!

Kaum war ich daheim, da brach ich auch schon zum joggen am See auf, zumal das Wetter sehr angenehm geworden war.

Drei Begegnungen säumten meinen Weg: Die kleine (noch) dreiköpfige Familie von Herrn Wachtenberg. Das kleine Töchterlein saß im Kinderwagen, und kaum war es aufgetaut, da deutete es mit seinem kleinen Wurstfinger auf mich und sagte: „Kika!" Wir verstanden uns fantastisch.

Wenig später traf ich die kleine Familie vom Gitarristen „Humpel": Seine Beziehungskistenhälfte Paula ist leider schon ganz grau geworden. Das kleine Söhnchen schob seinen eigenen Kinderwagen. Wir blieben kurz stehen und erörterten die Situation. „Ha, man kämpft sich so durch!" Und während wir noch dastanden und plauderten, entdeckte mich mein Exverehrer Waldemar, der in seinem silbernen Merzedes provozierend langsam neben mir herfuhr und irgendwas auf kanackendeutsch aus dem Fenster bellte. Dem Sinne nach: „Du schönes Frau. Wie wärs mit uns?"

Montag, 21. September

Sonnig.
Allerdings ist der Altweibersommer
traurigerweise nicht so schön wie sonst,
hie und da zwar filigranes,
so jedoch zum Teil sogar dunkel gefärbtes Gewölk

Ähnelnd einem Arbeitnehmer, der den Wecker überhört, überhörte ich den meinigen auch, und verbockte somit den Frühaufstieg.

Ich träumte von *einem Theatersaal, durch den ein schlanker Waldpfad führte, auf dem ich einsam saß. Beklommen stellte ich fest, daß ich meine Brille vergessen hatte. Behende entwischte ich ins Freie, bevor mir eine grobe Unhöflichkeit unterlaufen könnte, indem ich beispielsweise einen Bekannten übersähe oder vielleicht sogar einen höflich gemurmelten Gruß überhörte und somit in irgendwelchen Hirnen in die Feinddatei verschoben werden würde. Draußen gab´s Apfelbäume, Schweinetröge und kleine Waldbüschel auf weiten Feldern. Einmal begegnete ich der Anna aus der „Lindenstraße". Sie erzählte, daß sie mein Mendelssohn-Konzert im Radio gehört habe und machte ein paar kritische Bemerkungen drum. „Den Anfang hab ich ja gar nicht verstanden. Ob dies nun jetzt ein Dreiviertel- oder ein*

Vierviertaltakt war? Und je virtuoser es wurde, desto langsamer wurdest Du!"

Am Morgen saß ich am Tisch und dichtete, als überraschend Ute B. zu Besuch kam. Ein gemütliches Frühstück mit frischen Seelen aus der Bäckerei Link mündete in eine Probe für Bachs Doppelkonzert. Die kleine Feli hatte sie als Pfand beim Opa hinterlassen, so daß wir nach unendlicher Zeit endlich mal wieder unter uns waren. Dadurch, daß sie sich mal von ihrem Kinde freiatmen konnte, wurde die Ute wieder mit frischer Energie befüllt. Seit kurzem sei sie leider ganz ausgebrannt, denn ein Kind fordert, wie man weiß „den ganzen Menschen".

Ich erzählte von der Mireille und ihrem Haus „Im Tal 5", und daß die arme Mireille einfach nicht mehr die nötige Kraft verspüre, hierher zu reisen, und sich um ihre ehemalige Wohnstätte - befüllt mit unzähligen kostbaren Erinnerungen - zu kümmern.

Interessiert erkundigte sich die Ute nach Mireilles Klavierspiel, und stolz konnte ich berichten, daß die Mireille ziemlich gut spielen würde - bloß leider stets ein bißchen mit dem Gefühl „Augen zu und durch!" behaftet: Gut genug, um ehrenvoll durch die Aufnahmeprüfung zu fallen, ohne daß man sich deshalb genieren müsste, wie manch ein völlig unvorbereiteter Schüler, zu dem der Vorsitzende nach einer Minute sagt: „Danke, das genügt. Bereiten Sie sich das nächste Mal bitte etwas besser vor! Sie finden allein hinaus? (!)"

Mireilles Programm würden man sich jedoch ganz anhören und hernach nach einer viertelstündigen Beratung höflich sagen: „Frau Yamamoto, es hat leider nicht ganz gereicht. Verlieren Sie ihren frischen Mut aber nicht. Beim nächsten Mal packen Sie es ganz gewiss!"

Anhand dieses Beispiels sieht man, wie sehr ich bei einer simplen Frage ins Detail zu gehen pflege. Eine normale Frau hätte über Mireilles Klavierspiel schlicht gesagt: „Es ist ein schönes Hobby!"

Ich erfuhr, daß der Hubert durchaus auch ein bißchen aufbarschen kann: Zum Beispiel wenn er kocht und die Ute ihn rehleingleich ständig belehrt, wie er es noch besser machen könne.

Dann spielten wir Bachs Doppelkonzert und Utes Spiel ist über die Jahre hinweg wundersamerweise ganz von alleine besser geworden. Nach dem ersten Satz sagte ich: „Vier Fehler. Den müssen wir noch einmal spielen!" Die rührende Ute machte mir Komplimente und schwärmte begeistert, wie toll es sei, mit mir zu spielen, und im letzten Satz, den ich leider noch gar nicht gekonnt habe (ein Bemühen über Stock und Stein) sagte die Ute so rührend: „Jetzt kommt das umgekehrte Hennensyndrom: „Wenn du es noch nicht kannst, dann trau ich mich auch nicht, es gut zu spielen!" Die Bärsche im letzten Satz erinnerte mich an den Hubert, wie er zuweilen barsch wird, erläuterte ich der Ute, und dabei ist es womöglich eine viel ungemütlichere Bärsche, die sich innerhalb der Familien zeigt, wenn keine Zeugen anwesend sind, vermutete ich heimlich, und stellte mir vor, wie Bach oft grob zu seiner Familie war. Er verdrosch Frau und Kinder, weil dies damals die Norm war und von einem Familienoberhaupt sogar erwartet wurde.

Ich brachte die Ute noch zur Tür hinab, und im Briefkasten warteten zwei Briefe auf mich: Ein netter und ein blöder: Vom Lindalein und die saftige Rechnung für den Flügeltransport.

Dann wollte ich Herrn Waldemeyer, dem netten Herrn in der Graf-Enno-Straße zum 75. Geburtstag gratulieren und schrieb ihm somit ein kleines Brieflein.

Erst nach fünf Uhr stürmte ich zum Gaugersee.

Ich hatte große Angst, der Waldemar, ein Frauenmörder aus Rostow am Don, könne mir durch seine lästige Anwesenheit meine schönen Herbstferien verderben. Doch zum Glück zeigte er sich heute nicht.

Am Abend rief Rehlein an um zu verkünden, daß die Omi schon wieder im Spital läge: Ein epileptischer Anfall! Ferner erzählte Rehlein von einem Klaviermatinée, wo sie die Emder Lokalmatadorin Barbara Geuken hautnah erleben durfte. Dem kritischen Rehlein hat es allerdings üüüüberhaupt nicht gefallen, Alles von Noten, die Mozart Sonate voller Fehler, und bei der französischen Suite von Bach habe man gar nicht gemerkt, wo ein neuer Satz begann.

Zu später Stund telefonierte ich noch sehr nett mit Ming. Ming erzählte, wie er heute mit der kleinen Daaje telefoniert habe, und die kleine Daaje hat sich sehr interessiert nach jedem Familienmitglied einzeln erkundigt. Im Hintergrund habe man ein Plärrkonzert von der kleine Gesine lostönen hören. Die Gesine habe einen ähnlichen Charakter, wie einst unser Vetter Hinnerk, als er noch im Eimer saß (es existiert so ein süßes Foto, wie der Hinnerk mit sechs Monaten in einem Eimer gebadet wird), und die Daaje sei mehr so wie ich, weil sie nämlich ohne Punkt und Komma die ganze Zeit redet. Ich regte an, daß wir nicht mehr telefonieren, sondern uns nurmehr Briefe schreiben sollten, und dies sei auch der wahre Grund, warum Herr Scherließ nicht so gerne telefoniert: Weil einen die Stille nach dem Telefonat seine Einsamkeit noch schmerzlicher vor Augen führt. Hernach fühlt man sich noch einsamer als zuvor.

Dienstag, 22. September
Trossingen - Rottweil - Zavelstein bei Calw

Zunächst weißwölkig überzogen.
Am Nachmittag auf milde Weise sonnig

Am Morgen war ich vor wohliger Begeisterung über den schönen Schlaf noch ganz benommen. Dann dachte ich darüber nach, welch ungeheuerliches Risiko eine Eheschließung birgt. Wer sagt einem, daß der neben einem stehende Bräutigam nicht der gesuchte Würger ist? („Ich weiß nur, daß ich ihn liebe!") Undenkbar wäre es, daß ich mich in einen Menschen verliebe, wie er Eltern für ihre einzige Tochter vorschwebt: Einen braungebrannten Dirigenten, der „weiß was er will".

Da rief Rehlein an, um zu verkünden, daß meine CD einen Kratzer habe. Buz habe vor Schreck und Unglück mindestens zehnmal ausgerufen: „Ich glaub, die hat'n Kratzer!" Dann putzte er wild darauf herum, so daß Rehlein schon dachte, er habe vielleicht einen Schlaganfall erlitten. Doch es war bloß derothalben, weil Buz halt so aufgeregt war!

Ich eilte auf den Bus um 9.38, um meine Freundin Ute zu besuchen und kam auch pünktlich an der Haltestelle an - bloß mit dem kleinen Schönheits-fehler, daß der Bus um 9.38 in Rottweil ankam. Und so blieb mir nichts anderes übrig, als mich wieder heimwärts zu bewegen. So mußte die Ute mich ja doch abholen.

Auf der Fahrt war ich quirlig und lustig. Ich erzählte von Daaje und Gesine, und daß die Gesine nichts sagt, da ihr ein anderes Kind mal mit dem Hammer auf den Kopf gehauen hat. An einer Baustelle von der es heißt, dort maloche der Hubert, schauten wir intensivst, ob wir vielleicht einen Blick auf ihn erhaschen? Wieder zeigte sich die merk-würdige Neigung der Menschen, jemanden, den man kennt am liebsten quadratisch umrahmt zu sehen – in diesem Falle durch das Autofenster.

Am Bäumlesweg, dort wo der Opa wohnt, stand die kleine Feli im Garten und sagte vergnügt: „Hallo!" Ich presste meine Nase in die Höhe, so daß sich die Nüstern blähten, um die Kleine zu erheitern, und die kleine Feli langte auch an ihre Nas. (Der Nachahmungstrieb). Die Ute schickte sich an, das kleine Töchterlein zum Opa zu tragen, doch es schwirrte bereits die „Aktion Plärrton" in den Lüften.

Ich schreibe „Aktion Plärrton", da mich dies so an den Professor Hahmann und seine sorgsam ausgetüftelten Stundenpläne an der Tür erinnert: „Aktion saubere Intonation" – „Aktion Streichquartett". Doch die Ute als junge Mutti, wie einst Rehlein, kann ihr Kind nicht leiden sehen, und holte es schleunigst wieder zurück.

Den Opa Nowak habe ich aber auch noch gesehen. Der Mann „der´s nicht mehr lange macht" schaute oben aus dem Fenster und polierte Felis Stiefel, um sich ein wenig nützlich zu machen.

Als wir dann wenig später probten, hat die Feli einen langanhaltenden dumpf und gurrend gefärbten Heulton von sich gegeben, der so klang, als habe sie sich vorgenommen, nie wieder damit aufzuhören, und die Ute als Mutti, wie einst das junge Rehlein, wirkte beim Spiel aschfahl.

Die Feli lag auf dem Boden und schluchzte rührungsheischend herum. Auf Utes blassem, mütterlichen Gesicht bildete sich ein Ausdruck unendlichen Leides, da die Kleine schon geschlafen hatte, und

nun würde es schwierig, sie zu einem Mittags-
schlummer zu motivieren.

Die Ute hatte netterweise für mich mitgekocht. Es
gab Kartoffeln und Möhren und einmal schien Utes
gesamtes pädagogisches Konzept wie ein Kartenhaus
in sich zusammenzustürzen, weil die Feli bei *allem* wo
man examinierend draufdeutete „Kika" sagte. So, als
hätte sie praktisch *nichts* begriffen.

Zur Mittagsstund übte ich ein wenig in Utes
ashramsartigem Unterrichtszimmer, aber ich litt
unter Rippenstechen. Dann kam die Ute mit zwei
geradezu ärgerlich stumpfsinnigen Kindern. Sie
reagierten auf nichts, was man sagte, und wenn man
ein Späßle machte, so schmunzelten sie nicht. Niki,
ein zirka zehnjähriger Junge mit einer ekelhaften
Schwänzlifrisur (ein kahlrasiertes Haupt, an dem ein
dünnes Zöpfchen in den Nacken hinabhing (derzeit
in Mode)) und die ebenfalls zehnjährige geistlos und
humorfreie Charlotte mit einer Sekretärinnen-
Dachfrisur.

Ich lief in die Rottweiler Innenstadt, und aus dem
Asylantenheim auf dem Wege hörte man es unflätig
kreischen und schimpfen.

Ich setzte mich ins Caféhaus, trank einen Wild-
kirschtee und aß ein warmes Schinken-Käse-
Croissant. Dazu las ich in der BUNTEN sehr
interessiert über die Clinton-Affäre. Nur *meiner*
Sittsamkeit ist es zu verdanken, daß es zwischen
Herrn Reimer und mir keine Clinton-Affäre gab -

aber gewiss nicht *seiner*, dachte ich währenddessen schmunzelnd.

Dann dachte ich über jenes hauchzarte, fast tonlose Pianissimo nach, mit dem Geiger gerne große Genialität vortäuschen. Es ist lachhaft einfach zu bewerkstelligen, doch viele sind der Meinung, dies sei das Komplizierteste auf der Geige überhaupt: Ein hauchzartes Pianissimo zu zaubern, so daß die armen Ü-70ger, die heutzutage noch ins Konzert gehen, ganz erschrocken denken, daß sie eine neue Batterie für ihr Hörgerät bräuchten. Es klingt hohl und schal und will dem Publikum eine weltfremde Genialität vorheucheln, die es im Grunde gar nicht gibt. Eine Klang-Fatamorgana!

In der Abenddämmerstunde bestieg ich die Bahn nach Horb, und in Horb wiederum stieg ich in den Kurzzug nach Bad Teinach um. Dort lernte ich eine zirka 43-jährige schwatzhafte Schwäbin kennen, die mir erzählte, daß sie eine christliche Freundin suche. Schließlich wurde ich sehr nett von meiner alten Freundin Katharina und ihrem neuen Freund Christoph abgeholt, der nahtlos den Platz von ihrem Ex Dietmar eingenommen hat. Der Christoph scheint eine Art „Diener Wang" zu sein, da er alles macht - und zwar ohne zu mullen und zu knullen.

Daheim war bereits eine festliche Tafel mit Weingläsern gedeckt. Katharinas rüstige 79-jährige Freundin Renate zwitscherte einen Rotwein, und ich sehe es noch heute vor mir, wie sie das gutgefüllte Glas an ihre welken Lippen hob. Mir gegenüber saß der Freund von der Renate: Ein Senior mit einem länglichen grauen Haupt auf dessen Stirn ein fleischfarbenes Pflaster klebte. Zunächst wehte mich unter all den Schwaben ein Einsamkeitsgefühl an. Man sprach über den Hermann-Hesse-Film, der unlängst im Kino von Calw gesendet wurde. Die Katharina als Frau, die auf die 40 zugeht, schaut noch immer so hübsch aus: Mit ihrer rosigen Haut und dem glanzvollen güldenen langen Haar. Einmal rief die Margarethe an und wir erfuhren eine Neuigkeit: Daß sie nämlich heiratet.

Ich schilderte die Geschichte vom Geigenraub in Baden-Baden, die Buz letztes Jahr widerfahren war - doch wie durch ein Wunder bekam Buz seine geliebte Violine wieder. Und doch: „Das Schlimmste für einen alteingesessenen Ehemann ist nicht der Verlust der Geige, sondern der Worthagel, der ihn daheim erwartet!" Dies sagte ich und erntete eine Lachsalve.

Der Christoph führte eine Kassette vor, auf der er Chopin-Etüden auf der Flöte bläst. Ein Novum auf dem Klassikmarkt.

Mittwoch, 23. September
Zavelstein – Trossingen

Anfangs Nebel. Dann wurde es richtig schön.
Allerdings hie und da Wölkchen
in z.T. trüber Kolorierung

Die Katharina als alternde Dame - in Sichtweite
nun die magischen Vierzig - muß morgens immer
ein ganzes Gesundheitsprogramm absolvieren.
Unschlüssig war sie sich, ob sie sich heute einen
kranken Backenzahn ziehen lassen solle oder lieber
nicht? Die einen sagen Hü die anderen Hott, und
ähnelnd mir tendiert die Katharina dazu, demjenigen
zu glauben, der zuletzt redet. Der Christoph riet zu:
„Wenn der ohnedies über kurz oder lang gezogen
werden muß, so sollte man es rasch hinter sich
bringen!" sagte er, und ich wiederum erzählte von
Herrn Reichmann, dessen hoch engagierter Zahnarzt
wie ein Löwe um den Erhalt eines Zahnes gekämpft
hat und den Kampf schließlich gewann. Der
Zahnarzt Lahme aus Lindau, der Katharinas
gesamtes Gebiss ruiniert hat, soll ein arroganter,
selbstzufriedener Mensch sein. Die Katharina habe
ihm geschrieben, daß sie nur die Hälfte der
vereinbarten 13 000 DM zu zahlen bereit sei, und bat
ihn in diesem Schreiben, sich bis zum 5. Oktober
dazu zu äußern. Ich aber geriet in Glut und machte
einer Mutti gleich andauernd Vorschläge, was ihm
wohl zu schreiben wäre: „(Hohn an) „Sehr geehrter"
Herr (Hohn aus) Lahme! Ich habe noch einmal

nachgedacht und bin zu dem Schluß gekommen, daß ich Ihnen gar nichts zahlen werde! Sie brauchen sich somit auch nicht bis zum 5. Oktober zu äußern!" Ich votierte leidenschaftlich dafür, daß die Katharina ihm keinen Pfennig zahlen und stattdesssen ein Schmerzensgeld verlangen müsse. „Für dies Geld würde ich am liebsten einen Profikiller auf Sie ansetzen!" könne sie den Zahnarzt in Sorge versetzen.

Nach dem Frühstück fuhren wir mit dem Christoph im Morgennebel zu einer Heilgymnastin in einer entlegenen Vorortsgegend, während wir im Auto über den Zahn diskutuierten.

Dann saß ich mit dem Christoph im Wartezimmer.

Auch wenn mich Herren meist verlegen stimmen, kann ich mit ihm relativ gut plaudern. Er lud mich gar zu sich nach Herrenalb „oi", so als wenn ich ihm vielleicht gefalle?

Nach der Behandlung fuhren wir nach Calw. Das bezaubernde Gärtchen vor der Musikschule haben sie abgeholzt und stattdessen eine Art „Schloss-vorplatz" hingewalzt.

Nicht genug damit, daß die arme Katharina heut schon wieder eine stundenlange Gesundheitsodysée auf sich nehmen mußte - jetzt betrat sie auch noch die Bank, um dem Dr. Lahme 4300 Mark von seiner schon als unflätig zu bezeichnenden Rechnung zu überweisen.

Wir setzten uns in jene kleine dunkle Spelunke, wo wir vor fünf Jahren ein Zukunftsbild entworfen hatten, wie es mit unserem Streichquartett heut in zwanzig Jahren wohl ausschauen könnte? Doch diesmal saßen wir nur so da, und tranken eine heiße Citrone.

Dann wiederum saß ich „Beim Ivo", jenem Eiscafé, vor der nunmehr so fremd wirkenden Musikschule, mich in dieser sinnlosen Untätigkeit leicht verdrossen fühlend, und wartete auf die Katharina. Die arme Katharina ist nur noch im Kampf gegen ihre Zipperlein unterwegs, und um viertel nach elf sollte sie schon wieder bei einer herben Zahnärztin vorstellig werden, von der es heißt, sie sei nicht sonderlich sympathisch.

Tatsächlich sah ich später vom Warteeck aus, wie sie, weiß gekachelt (hätte ich beinah geschrieben!) und in Eile steckend, auf unnahbare Weise die Flure durchquerte. Der Zahn ist heute jedoch nicht gezogen worden, da die Katharina morgen mit einem Kammerorchester auf Tournée geht. Nach der zeitraubenden Nichtbehandlung liefen wir wie zwei dicke Freundinnen zur Musikschule zurück.

Auch wenn man als Quartettpartner die sogenannten „unbequemen Wahrheiten" im Wesen seiner Mitspieler kennenlernen müsste, ist mir die Katharina von den dreien derzeit die Liebste.

Im Treppenhaus elektrisierte die Katharina trotz der fehlenden Zähne und des vorangeschrittenen Alters einen alternativ wirkenden jungen Mann mit Zwicker und flaumigem Maulkorbbart. Er bündelte seinen ganzen Mut und brachte einen Satz an, den anzubringen er vielleicht schon vielfach geprobt und vorgehabt, so doch noch keine Gelegenheit dafür gefunden hatte. Diesmal schien sich jedoch eine zu bieten: Die Katharina stellte ihm eine Frage, und dicht und aufgeregt an die Antwort hintangeschmiegt sagte er hektisch: „Dürft ich Sie amal zum Essö oiladö??" „Dürfte ich Sie einmal zum Essen einladen?" (Worte, die schwäbischen Lippen nur selten, und wenn, dann nur nach reiflicher Überlegung entweichen). Er tat´s auf Art eines „erwachenden" Studenten. „Irgendwannamal vielleicht...?" und wirkte linkisch und verlegenheitstreibend bei dieser Frage. Die Katharina gab sich nicht übermäßig „begoischderd" (begeistert) und beim Weiterlaufen erfuhr ich, daß es sich um den Schlagzeuglehrer Spahn handelte, der sogar japanisch und koreanisch spricht, da er sich mit Zen und fernöstlichen Schlagtechniken auseinandergesetzt habe.

Nach einer Weile sind wir dann tatsächlich mit ihm essen gegangen. Wir saßen in einem Lokal namens „Gänseblümchen".

„Michael!" stellte er sich lose vor. Ich erfuhr, daß er verheiratet ist und ein Kind hat: „Holger".

„Und was macht Holger beruflich?" erkundigte ich mich scherzhaft, da doch der Michael selber noch ein ganz junger Mann ist, der womöglich auf Buzesart viel zu früh in den heiligen Stand der Ehe eingetreten ist?

„Holger isch grod vier Monate alt und schoißt noch in die Windlö!" erfuhren wir, „Hahaha!" „Holger ist grad vier Monate alt, und scheißt noch in die Windeln, hahaha!"

Ich fand es unappetitlich, daß man vor zwei Damen dran so häßlich über sein süßes, duftendes und noch ofenfrisches kleines Söhnchen spricht. Doch dies ist Schwabenart.

Den Namen „Holger" fand ich jedoch interessant.

Wir zogen weiter in das neueröffnete Eiscafé am Ende der Stadt, und setzten uns ins Freie. Auch hier sprachen wir hauptsächlich über die Zähne.

Der Christoph mußte sich nach einer Weile schweren Herzens verabschieden. Wir beließen es bei einem leicht verlegenen Händeschwenken, da das Bussi-Bussi Zeitalter mittlerweile vorbei ist. Letztendlich war es auf Dauer als zu oberflächlich befunden worden. Die Küsse bekommen einen inflationären Charakter. Nein, „der Kuß" soll eine Besonderheit bleiben, die den Allerliebsten vorbehalten ist.

Mit dem verbliebenen Herrn, dem Michael, unterhielten wir uns jedoch sehr nett. Ich berichtete, wie ich mir meine Freunde nur noch nach ihrer Vermissungshalbwertzeit heraussuche. Dann erzählte ich von Gogols „Nase" und lachte Tränen, wie der Opa. Und außerdem erzählte ich, wie sich die Schülereltern bei meinem Nachbarn Il-Soo darüber beschwert haben, daß ihre Kinder keine Fortschritte machen würden. Der Il-Soo wußte aber leider nicht, was man machen solle, damit sie besser würden. Er gibt sich so große Mühe, ist freundlich und geduldig, aber die Schüler spielen immer gleich.

Um 14.06 fuhr ich nach Rottweil, um dort ausflugsartig mit meinem Ränzel behaftet zur Ute ins Tal hinab zu wandern.

An Utes Nachbarhaus hatte jemand ein Schild mit der Aufschrift „Komm!" hingehängt. Der junge Herr, der dort lebt, hatte vor kurzem geheiratet und trägt einen äußerst stabilen Ehering aus Eisen - womöglich, damit seine Ehe nicht gleich in die Brüche geht.

Die Ute hatte soeben die Schülerin Julia in ihren pädagogischen Fängen, und das halbgare Girl (zirka 12 - 13 Jahre alt) musizierte den Anfang von Mozarts kleinem D-Dur Konzert. Die Pausen zwischen den einzelnen Absätzen hätte sie noch etwas besser zusammenrücken müssen. Anstatt die Spannung zu halten, wie dies doch in Interpretationsführern zum Thema „Pause" empfohlen wird, nutzte sie die für einen kleinen Seufzer, der uns Hörer darüber in Kenntnis setzen sollte, daß dies noch ganz und gar nicht DAS sei, was ihr interpretatorisch vorschwebe. Ich fand das rührend, aber ein Orchester hätte sich darüber sicherlich gewundert.

Die Ute hat so fleißig gearbeitet, daß sie sich mittlerweile ein Kinderfräulein leisten kann: Jeannette aus Nicaragua. Im Windschatten von der Jeannette gedeiht die kleine Feli auch sehr gut, und hatte heut bereits ein kleines Sträußlein gepflückt, das sie mir als Gast so nach und nach verschenkte.

Sehr nett hielt ich mit der Ute eine Probe ab: Wir spielten eine Leclair-Sonate und den für zwei Violinen zurechtgebogenen ersten Satz einer Klavier-

Sonate von Mozart. Eine Stelle klang „wie auf hoher See" und ich fand es lustig, daß man da so flehentlich spielen muß.

Bevor die Ute mich heimfuhr, warfen wir noch einen kurzen Blick ins Badhaus, wo ein Gesangsduo - bestehend aus einem Herrn und einer Dame, die jeweils schwarz wie bei einem Begräbnis gekleidet waren - esoterisch angehauchte Gesänge von sich gab.

Als ich auf der Autofahrt davon sprach, daß die Margarethe bald heiratet, war Utes Neugierde geweckt. Sie regte an, daß wir uns gelegentlich mal treffen und wieder mal richtig ratschen und tratschen sollten, so wie Gabi und Anna aus der Lindenstraße, die sich gern zu Klatsch und Tratsch treffen.

Ich erzählte, daß die Katharina zwei Freunde habe, und von mir immer gern den freundschaftlichen Rat hätte, für wen sie sich wohl entscheiden solle? Ich hatte ihr freundschaftlich geraten, sich beide warm zu halten, aber wahrscheinlich gibt's grad erbitterte Entscheidungskämpfe, und als ich mal zu Besuch war, lagen unausgesprochen die Worte vom Dieter (dem Einen der Beiden) in den Lüften: „Entweder er oder ich!"

Donnerstag, 24. September

Sonnig. Altweibersommer.
Allerdings ist das Wetter seit einiger Zeit
nicht mehr so schön wie früher

Geträumt hatte ich, *daß ich in atemberaubender Geschwindigkeit durch die Gassen raste. Ich wurde gleichzeitig verfolgt und rannte jemand anderem in Form eines bedrohlichen Möbelpackertypus´ hinterher. Weil ich immer noch schneller werden wollte, benützte ich gar die Arme als Propeller, und wundersamer Weise schien es zu nützen...*

Dann erhob ich mich. Derzeit sind meine Videokassetten befriedigend prall gefüllt. Doch die „Ehen vor Gericht" Filme, die ich am allerliebsten anschaue, pflege ich mir für den wohlverdienten Feierabend aufzuheben.

Um neun Uhr verließ ich das Haus und wandelte die Eberhardstraße entlang Richtung Bäckerei Link. Ich dachte darüber nach, daß - sollte ich jemals wieder liiert sein - der Mann *mir* nach dem Munde reden solle, aber keinesfalls ich ihm - also anders rum als es bei der hübschen Colette und dem Professor der Fall ist.

An der Zeitungswand begrüßte und bebusselte ich mich mit dem Hochschulkorrepetitor Dieter S.. Der Dieter ist immer so rührend ehrlich erfreut, mich zu sehen. Kleine Erinnerung an ihn:

1987:

Erste gemeinsame Probe.

Ich spielte Tschaikowskis Walz-Scherzo so schön ich überhaupt nur konnte. Beseelt — die vielbesungene „Russische Seele" schimmerte durch, — aber der Dieter sagte lediglich: „Ha, da müssö mr jetzt was draus machö!" Da müssen wir jetzt was draus machen!

Und doch habe ich ihn tief ins Herz geschlossen!

Ich lief auf den Markt, doch Bosköppe scheint´s noch nicht zu geben, und ich spürte meine Schüchternheit dahingehend, daß ich nicht wüsste, ob man „Bosköppe" oder „Boskopps" sagt, und beides klang beim Vorproben in meinem geistigen Ohr doof und zog hinzu schallendes Gelächter nach sich.

Zwischen all den Ständen und Buden begegnete ich dem alten Opa mit den Tränensäcken und dem Hündchen. Ich begrüßte ihn sehr herzlich, obwohl er mich doch neulich einfach gegen meinen Willen geküsst hat, so daß ein normales Frauenzimmer eigentlich pikiert mit ihm sein sollte. Doch dererlei stört mich eigentlich eher nicht. Mich stört anderes: Zum Beispiel, daß er so viel uninteressantes Zeug quatscht und keinerlei Gespür dafür zeigt, was eine Dame interessieren könnte, oder auch nicht.

„Ich muß weiter. Koi Zeit!" sagte er.

„Gottseidank!" entfuhr es mir vor Freude aus Versehen halblaut. Ich glaube jedoch, dies sagte er nur aus gekränkter Eitelkeit, weil ich neulich beim

Joggen auch nicht angehalten habe, als er meinen Weg kreuzte. Froh war ich aber trotzdem.

Der Leser wird´s merken: Heut ereignete sich nichts Besonderes, und bei der Schilderung des Tages verliere ich mich in unwichtigen Kleinigkeiten.

Daheim wartete eine Postkarte von Herrn Heike auf mich. Genaugenommen ein Foto, das mich kurz vor einer tiefen Verbeugung stehend im Konzert in Dangast zeigt. Ein paar Hinterköpfe von interessiert Lauschenden sieht man darauf auch, und eine Glatze schaute aus, als befände sich auf ihrer Oberfläche eine rosige Fleischwunde.

Nach dem Motto „Manchmal ist weniger mehr" schrieb Herr Heike nur ein paar Zeilen: *Hallo Franziska, wie geht es Dir?* (Blitzschnell wirbelte mir mein Wohlergehen durch den Kopf: Ich habe so viel Freude an der Musik, und außerdem habe ich eine Gabe, für die ich mich schon fast selber beneiden könnte: Ich bin so anspruchslos!)

Möchtest Du meine neue CD? (Man sollte niemals nein sagen, aber leider habe ich kein rechtes Ohr für seine Musik, dachte ich etwas herzlos über die betont unherzlichen und trockenen Kompositionen eines Herrn Heike, dem nur Werke gefallen, die ihm nicht gefallen, wenn man versteht. Er verabscheut Kitsch und Gefühlsduselein. Etwas, das sich auch in seinen Briefabkandenzierungen deutlich zeigt: „Gruß Georg". Und ich wiederum mag keine gefühlsverhaltenen Menschen, die sich in der Rolle des Spröden und Trockenen zu gefallen scheinen).

Wenn ja, so schreibe es mir. (Nötigung).

Herzliche Grüße von (Herrn) Georg Heike, schrieb er sehr nett, gleichwohl aber auch ein wenig albern. Sympathisch war jedoch, daß er sich meine diesbezüglichen Worte rührenderweise gemerkt hat.

Zum Vergleich: Buzens Spezie Peter schreibt am Ende seiner Briefe: *Alles, alles Liebe, lieber Wolfram!!! Eine dicke Umarmung und ein liebes Bussi - auch an Erika! - Dein Peter*

Worte, die aus der Feder eines Herrn Heike schlicht undenkbar wären.

Eigentlich wollte die Ute zum Proben kommen. Dann hat sie aber wieder abtelefoniert: Leichte Kränkeleien innerhalb der Familie, der Hubert ist die Treppe hinabgestürzt und hat sich an der Schulter verletzt. Jetzt stand er aber in der Küche und rührte eine Kürbissuppe für seine kleine Familie.

Zum Mittagsessen schaute ich mir einen Report über marokkanische Imigranten in Spanien an. Vorgestellt wurde eine Familie, die ganz zufrieden mit Spanien sei, außer vielleicht mit der spanischen Moral, die dieser Familie etwas zu lose schien.

Freitag, 25. September

Sonnig - der Himmel jedoch eher wässrig blau

Auf dem allmorgendlichen Wege zur Bäckerei wurde ich an der Zeitungswand von einer lieben alten Oma angesprochen.

Anhand des Traktätchens, das sie bei sich trug, erahnte ich bereits, was auf mich wartete: Sie wollte mir erzählen, was der Schöpfer noch mit mir vorhabe.

Eigentlich liebe ich es, wenn man mir ein Traktätchen schenkt. Mit einem freundlichen Dankeslächeln pflege ich es entgegenzunehmen und alsbald sorgfältig zu studieren.

In Trossingen gibt es viele fromme Leute, die einem dererlei zustecken, doch heut war ich nicht so recht in Stimmung. Grad so, wie in den Traktätchen beschrieben, wunk ich einfach ab. Ein Zeichen dafür, daß Satan bereits von einem Besitz ergriffen hat. Die Omi wirkte leicht enttäuscht.

Ich überlegte, daß Herr Reimer sicherlich nicht weniger krank sei, als der Frauenmörder aus Elisabethfehn. Jetzt saß ich mit meiner Seele da und verschlang nicht nur Selbige, sondern auch einen Artikel über die unheimlichen Morde von Niedersachsen in der Zeitung. (Humor im Stile von meinem Nachbarn, dem C-Promi und „Kommüüüdiän" Frank G. („Er sprang in seine Jeans und die

Treppen hinab" – ein wunderbar schwungvoller Satz, den er sich mal ausgedacht hat)).

Das Phantom von Peine hat den kleinen Markus nur deswegen zersägt, damit die Polizei glauben soll, es handele sich um „die Tat eines Wahnsinnigen!" und dabei ist er doch ein ganz normaler Mensch.

Ich selber bin ja auch nicht ganz dicht, daß ich dererlei lese, doch ein Dichterhirn gabelt sich immer gern kuriose Gestalten auf, um sie gedanklich zu bebrüten.

Nachdem ich die Zeitung zuendegelesen hatte, wußte ich nicht, mit was ich beginnen sollte. Seit den frühen Morgenstunden war ich wie gelähmt: Ein Gefühl, als habe es eine Überschwemmung im Gehirn gegeben. Sämtliche Gehirnkammern schienen mit einer dubiosen Lymphflüssigkeit vollgesogen, und der Zustand würde so lange anhalten, bis die Flüssigkeit verdunstet ist. Dies könne jedoch dauern, da es sich unter Schädelkalotte und Frisur abspielt.

Bald schon holte mich die Ute ab, doch ich mußte erst meine Tagebücher wegräumen, da Buz ab heut bei mir residieren würde und sie vielleicht heimlich liest, da es ihn immer sehr interessiert, wie es bei der Hilde war.

Wenn er sie wirklich lesen wollte, so meinte die Ute, dann würde er sie hier in dieser kleinen Wohnung doch wohl überall finden.

„Oder hälst du ihn für so blöd?" lachte sie so entzückend über ihr ganzes liebes Gesicht. Doch bei

meinem Papa ist es eher so, daß er gern geistes-
versunken nach etwas Lesbarem greift, das sich in
seiner Sichtlinie findet.

Nachdem ich die Tagebücher im Schrank versteckt
hatte, fuhren wir nach Rottweil, wo heut im Badhaus
eine erste Probe mit dem Pianisten stattfinden
würde. So fern von zuhaus und in Utes Aura fühlte
ich wundersamerweise nicht mehr so viel von
meinem surrealen Leiden (daß beständig Wahnideen,
was sich wohl „daraus"(?) erwachsen könne, in
meinem Hirn aufploppen).

An einem Tischlein vor dem Badhaus saß der
Hubert und zwitscherte am hellichten Tag ein Bier.
Wir begrüßten uns mit einem deftigen Kuß und ich
bestaunte die schöne Tomatensuppe mit
Sahnehaube, die ihm soeben von einer freundlichen
Kellnerin serviert wurde.

Die Probe mit dem überfreundlichen Alternativ-
ling verlief vielleicht nicht so befriedigend, wie man
es sich als Interpret wünschen „dät" - ein etwas
hängender Klaviermatsch im Hintergrund, mit gar zu
vielen fehlgetippten Tasten, und da unser Pianist ja
eigentlich Kellner von Beruf ist, wurde er immer
wieder mal hinwegkommandiert.

Eine Frau trat mit ungeduldiger Miene und nur
aufs Ende des Geschehens lauernd auf unser
Grüppchen zu, da man dringend zwei kräftige Arme
in der Küche benötigte.

„Spielt ihr noch lang?" behandelte sie uns lose und herablassend, statt die göttlichen Klänge Bachs zu würdigen.

Später setzten Ute und ich uns an einen Tisch im Freien. Ich aß einen vergilbten Käsekuchen, und die Ute hat mich so nett eingeladen. Zuvor hatte ich noch angeregt, daß wir die beiden anderen Duos in der Fußgängerzone üben sollten. Die Ute könnte ein Plakat malen auf dem zu lesen steht: Auf diese Weise möchte ich meinen Mann Hubert helfen, aus den roten Zahlen herauszukommen." Ob der Hubert wohl begeistert wäre?

Utes muntere Plaudereien ersetzten mir das Brigitte-TV. Ich erfuhr, daß die Professorin, Frau Brunnmüller, geheiratet habe – und dies, obwohl sie keinesfalls mehr jung ist. Die Fünfzig dürfte sie gut und gern hinter sich gelassen haben.

Nach dem Teegenuß fuhren wir nach Villingen-dorf, um die kleine Feli abzuholen, die dort von zwei halbgaren Girls gesittet wurde. An Felis Hinterkopf haben sich zwei entzückende Locken gebildet.

Daheim erlebte ich eine Freude:

Herr Rost hatte bereits meine zweite CD kunstvoll zusammengeschnitten und in meinen Briefkasten gelegt. Buz, Simone und ich hörten sie zu später Stund noch in Simones Wohnung an.

Zum größten Teil waren wir begeistert und in der C-Dur Fuge rief ich einmal aus: „Das ist doch wirklich brilliant gespielt - dafür, daß ich es nur als Hobby betreibe!"

Es gab Gummibärchen, Smarties und Wein, und dann hörten wir noch das Konzert mit Ming und Roman in Usedom an, das vor wenigen Tagen im Radio übertragen worden war.

Später saß Buz noch eine Weile lang in meiner Wohnung herum und frug oftmals betont unauffällig, was ich wohl sonst noch so alles erlebt habe. Doch ihm brannte nur ein vereinzeltes Thema auf der Seele, und so psychologisierte ich über die Hilde, und erzählte brühwarm, daß sie ab dem zweiten - spätestens aber ab dem dritten Tage ungenießbar würde. „Das wär auf Dauer nichts für Dich gewesen!" sagte ich wertungsfrei, um beim Weiterreden in eine gänzlich neue Rolle zu verfallen. „Eheleute die es sooo lange miteinander ausgehalten haben wie ihr, verdienen tiefsten Respekt!" Dies sagte ich in einer an Frau Rautenberg erinnernden Art. Und schon hatte man ein neues Thema: Frau Rautenberg. Auf Altfrauenart liebt es Frau Rautenberg, Gut und Böse nebeneinader zu stellen - sei es, um das Gute mit tieferem Glanz zu beleuchten, sei es, um dem Bösen ihre grenzenlose Verachtung entgegenzuschleudern: Sie schmäht irgendeinen Menschen, einen Faulpelz oder eine verkrachte Existenz, und setzt der Schmähung ein weithergeholtes „Vor der Mutter Theresa ziehe ich den Hut!" entgegen.

Samstag, 26. September
Trossingen - Mönchweiler - Rottweil

Taiwanesisch grau mit der Tendenz zum Nieseln

Zum Frühstück las ich in einem Journal über ein Thema, von dem fast jeder meint, dies beträfe ihn nicht: Siamesische Zwillinge.

Es hat geheißen, zwischen elf und zwölf hole mich Enrico Welschburger zur Hochzeit seines Bruders René ab, und so begann ich schon bald für die Hochzeit zu üben. Ich fingerte all jene Hits durch, die ich mir für diesen besonderen Tag im Leben eines Menschen ausgedacht hatte.

Buz war spitz darauf, daß ich heut bei der Ute nächtige, denn dann spart er fünfzig Mark für das Hotel, die wir dann anderweitig auf den Kopf hauen könnten. (Sagte er animierend und unternehmungsfreudig.)

Nach einer Weile hörte ich die dritte Brahms Symphonie, ließ mich davon durchglühen und wartete auf Enrico Welschberger. Um fünf vor elf war er immer noch nicht da. Um Punkt elf hat's dann aber aufdringlichst an der Tür geschellt und unten stand ein sehr fremdes schwäbisches Girl mit üppigem Lockenkopf. Der Enrico wartete im Auto.

Die Wellenlänge empfand ich von Anfang an als bedrückend fremd. Nicht *einen* Brührungspunkt schien es zwischen uns zu geben – nicht einen! Man hatte ein Empfinden, als würde man zwei Fische im Aquarium kennenlernen.

Von den Welschbergers wußte ich, daß sie zwei hübsche schlanke Söhne und eine ganz häßliche und stark übergewichtige Tochter haben. Doch nun mußte ich leider feststellen, daß auch der Enrico nicht sonderlich hübsch war. Häßliche große Kuhaugen in denen es nichts zu lesen gab und eine wie mit dem Rasenmäher bearbeitete Frisur. Das Auto war zum Schneiden mit Tabakdunst imprägniert und aus dem Radio quoll wüste Supermarktsmusik. Die jungen Leute redeten nur über Richtungen und schwiegen sich ansonsten auf ödende Weise an. Mich als Fahrgast schienen sie total vergessen zu haben.

Wir parkten vor dem Rathaus in Mönchweiler und mischten uns in eine Ansammlung fremder Menschen, wo sich leider niemand fand, dem man sich anschließen konnte. Ich fühlte mich, als sei ich unsichtbar und dennoch verlegen und deplaziert. Lauter Menschen mit denen man gar nichts gemein hat.

Doch dann gewahrte ich Mutti Welschberger, die ja mir mir in Taiwan war: Schön wie eine Schaufensterpuppe (90-60-90): Die Haare kohlrabenschwarz gefärbt und die Haut leicht gebräunt.

Die Trauung fand in einem kleinen quadratischen Raum statt. Auf dem Tisch brannte feierlich eine große Kerze, und der Bürgermeister selber - eine gutmütige Variation vom Wim Thoelke - übernahm eigenhändig die Trauung dieses im Grunde noch sehr unreifen Paares (Jahrgang 74 bzw. 77).

In sehr beengten Verhältnissen stand ich da und geigte. Hinterher hat mich niemand auch nur angeschaut. Ich muß allerdings sagen, daß mich das Musizieren auf der Violine sehr verlegen gestimmt hat, so daß ich die eigentliche Botschaft der Musik ein wenig aus den Augen verloren hatte, weil mir von Seiten der Hörenden völliges Unverständnis entgegenschlug. Es war, als würde man einen Witz erzählen und keiner lacht, so daß man in der Dunstwolke der Pointe verlegen stehen bleiben muß.

Hautnah erlebte ich es mit, wie der Zinnsoldat René Welschberger mit der Anwaltsgehilfin Michaela Eva Beyer, die es in dieser Form nun nicht mehr gibt, den heiligen Bund fürs Leben schloss. Einem puppigen jungen Ding, wie dem Evchen von der Oma, das appetitlich in sein sahneweißes Hochzeitskleid hineinverpackt war, so daß der Betrachter einen leisen Vorgeschmack bekam, wie der René am Abend, wenn Erotik betrieben werden muß, die prallen Milchbünkerli einzeln auspacken darf.

Endlich begab man sich zum festlichen Mittagsmahl. Der Enrico hatte schepprige leere Bierdosen am Auto seines Bruders befestigt, und nun fuhr er selber, wie blöd hupend, so daß einem bang werden konnte, in ein rustikales, deutsches Lokal: den „Ochsen".

In Form eines eckigen Hufeisen hatte man dort bereits die Tafel für die Gesellschaft gedeckt.

Der junge Bräutigam René bekam von seinem Schwiegervater ein orangefarbenes Kuvert zugesteckt, und zunächst lag etwas solcherart in den Lüften, daß man gleich vor freudiger Beschämung aufkreischen müsse. Es ist jedoch nur ein läppischer Fünfmarkschein gewesen, weil der Schwiegervater demjenigen, der ihn von seiner schwer erziehbaren Tochter erlöst, fünf Mark versprochen hatte. Dies sollte witzig sein, doch die große Betroffenheit nach der frohen Erwartung ließ sich mit der höflichkeitsgebotenen Erheiterung auf dem Gesicht des Beschenkten kaum hinwegdimmen.

Dann kam noch ein Riesengeschenk von Mutti Welschberger, und natürlich hat man sich auch da etwas erwartet, weil es geheißen hat, die Familien hätten zusammengelegt. Doch diesmal handelte es sich lediglich um einen Hundenapf mit einem traurigen Hundegesicht vorne dran. Ich saß neben Omi Liselotte, so daß ich wenigstens ein bißchen Unterhaltung auf Seniorenbasis gehabt habe, weils ansonsten doch wohl ziemlich fad geworden wäre. Ich fühlte mich so, als habe mich das Schicksal mitten in eine mir unbekannte Ballermann Horde auf Malle hineingewirbelt. Mir gegenüber saß die fettleibige und plonnerhafte Christiane, das Nesthäkchen der Familie, das sich gelbe Strähnen ins fettige Haar hat einfärben lassen, und einen unnahbaren pubertären Trauerkloß verkörperte. Angeblich ist sie erst zwölf, sieht jedoch bereits jetzt aus wie eine leicht reiferetardierte 18-Jährige. Kein Dreamboy biegt sich nach ihr um, so daß sich langsam eine Art Torschlußpanik in ihr zusammenbraut, die sich in ihren mürrischen Grundausdruck gemischt hat. „Mach ein frohes Gesicht!" wird ihr geraten. „Dann beißen die Jungs eher an!"

Omi Lieselotte, 75 Jahre alt, sahneweiße Kranzfrisur und ein spitzes Näschen mit großen münzschlitzförmigen Nüstern, eingebettet in ausgeleiertes Fett, erzählte ein bißchen aus ihrem Leben: Sie kommt aus Düsseldorf, und dort lebe ein Menschenschlag, der das Leben eher von der heiteren Seite nimmt.

Zunächst wurde rosa Sekt serviert. Hernach Rotwein. Leicht benommen ließ ich somit die Feier über mich ergehen. Serviert wurde ein höchst bekömmliches und leckeres Champignonsüppchen, Salat, Fleischstücke und zum Nachtisch vier Eisbollen auf einem flachen Teller mit Früchten geschmückt und Puderzucker bestäubt.

So richtig warm wurde ich auf dieser Feier leider mit niemandem - und dies, wo doch mein Herz weit geöffnet ist für nette Kontakte!

Einmal hielt ich mit Mutti Welschberger einen gepflegten schmalen Talk ab, während Omi Liselotte in meinem Blickfeld an einer schlanken Eve-Cigarette sog.

Hernach wurde zum Kuchenbüffée getrommelt: Sogar mit einer Eistorte - und dies, wo man doch eben erst ein Eisdessert bekommen hatte.

Ich war sehr froh, als sich zwei nette Herren erboten, mich nach Rottweil mitzunehmen, wo sie mich dann glücklich im Neckartal absetzten.

Dort fühlte ich mich wie auf einem chinesischen Rollbild, da es Tal abwärts ging.

Die Ute war leider nicht daheim - also begab ich mich ins Badhaus und übte dort gewissenhaft die Duos von Mozart und Leclair.

Kurz bevor es dunkel wurde, erfuhr das Wetter einen Aufschwung und die ohnedies so reizvolle Landschaft vor dem Fenster wurde in pures Gold getunkt.

Als es dunkel war, setzte ich mich in die gemütliche Schankstube, und die Kellnerin zündete gar eine Kerze für mich an. Ich las im *Spiegel*, wurde über die vor sich hin tröpfelnde Lektüre hinweg allerdings allmählich doch ein wenig unruhig, da die Ute nicht da war, und einmal lief ich gar in Nebel und Dunkelheit zu ihrem Anwesen. Auf diesem unheimlichen nur matt und punktuell beleuchteten Weg durchs ausgestorbene Neckartal hätte ich leicht verschwinden können. Gänzlich entwurzelt sah ich einer ungewissen Übernachtung entgegen. Doch schließlich erreichte ich den Hubert auf seinem Händi doch, und plötzlich war alles ganz unkompliziert: „Wir sind in fünf Minuten da!" sagte der Hubert und ich fühlte mich so gehalten und geborgen, als wenn's ein echter Verwandter wären.

Ute und Hubert waren im Theater.

Die kleine Feli hat mir heut zum ersten Mal ein Küßchen gegeben.

Trotz der späten Stund probten Ute und ich noch in den Räumen der Musikschule. Als wir wieder nachhause kamen, war Vati Hubert ganz und gar vor dem Bildschirm versunken, wie jener erfrorene Herr in der Wilhelm Busch Geschichte dereinst in der Regentonne. Zusammengesunken saß er da, und es schien kein Leben mehr in ihm. Es lief ein uferloser Historienfilm. Die Ute war sehr müde und räumte dennoch herum. Latent lagen leise Familienspannungen in der Luft, weil der Hubert vor dem Bildschirm immer so schrecklich absorbiert sei (so wie Buz zuweilen).

Der Historienfilm mit vielen blutigen Schlachten sollte bis weit nach Mitternacht dauern. Ich bekam ein wenig Angst, die Ute könne gleich hysterisch losheulen, weil das Familienleben leider so schrecklich anstrengend ist. Man ist verheiratet und doch allein. Andererseits muß man aber auch zugeben, daß das Hubertchen so viel arbeitet und sich für die Familie krummlegt. Ich malte mir aus, wie es wohl wäre, *wenn die Ute in ganz normalem Tonfall und so, als spräche man über die Wetterlage, wie beiläufig sagen würde: „Kika, hast du Lust auf Gruppensex?" „Ich höre wohl nicht richtig!" hätte ich im ersten Schreck ausgerufen, und dann müsste ich mich drauf besinnen, was ich Frau Kettler unlängst geschrieben habe: Daß die Menschen den natürlichen Umgang miteinander verlernt haben."*

Die Ute retirierte sich ins Bett, und jetzt, wo ich diese Zeilen niederschreibe, sitzt der Hubert noch immer vor dem Bildschirm. Wie es wohl wäre, den Hubert zu fragen, ob ich mich ein wenig an ihn schmiegen dürfe? Dies wäre doch wohl ein natürlicher Umgang? Wahrscheinlich würde ihn dies in erfreute Verlegenheit stürzen.

Samstag, 27. September
Rottweil – Trossingen

Wolkig.
Leise Aufklarung, sprich, leiser Sonnenschein.
Wobei dies ja Unsinn ist,
denn gibt es „lauten" Sonnenschein?
Aber der Leser versteht´s!

Ich nächtigte im Wohnzimmer. Wenn man morgens aus dem großen Fenster schaut, so sieht es aus wie in Taiwan! Bald schon hörte man die kleinen Kinderfüßlein herumtrippeln. Die kleine Feli sagte „Tita" und meinte damit mich.

Sehr nett ließen wir uns zum Frühstück nieder und scherzten herum: Zum Beispiel über die passende Garderobe für das Brunchkonzert. Ich schlug vor, daß wir im Morgenmantel spielen könnten, da es doch das Badhaus ist. Einmal schäumte die Ute sehr auf, da die kleine Feli die Geige an den Saiten in die Höhe zog.

Vati Hubert ist immer so nett zur Feli. Er fütterte sie mir Müsli, und die kleine Holzpuppe, die er ihr gebastelt hat, fütterte er gleich mit.

Wir sprachen davon, daß Hubert und Ute in ein paar Jahren vielleicht schon stolze Jugend-Musiziert-Eltern sind. Man fühlt es förmlich vor: *Wie die Feli*

auf der Geige musiziert und sich alle einig sind: „Dies war der
schönste und unverdorbenste Vortrag heut!" Und doch
verkündet eine vertrocknete Jurorin schmallippig und bös:
„Felicitas Bott, Leistungsstufe II!" und die Luft wird von
einem Pfeifkonzert erfüllt.

Etwas Autobiographisches schwang bei diesen
Worten natürlich auch mit. Ich erzählte, wie ich im
Jahre 1976 bei „Jugend Musiziert" teilnahm. Die Ute
- damals zehn Jahre alt - ebenso! Und somit hätte
man sich schon damals kennenlernen können.

Ein letztes Mal noch sollten wir in den Räumen
der Musikschule unser Programm durchspielen,
denn um zehne waren wir bereits mit dem Kellner
und Pianisten Otfried Weber, Jahrgang 1952,
verabredet. Er spielte in einem güldenen Gewand -
grad so, wie in dem Historienfilm gestern.

Ich fühlte mich leicht und gut gestimmt, weil ich
mich schon so auf das Brunch vorgefreut habe, wo
sich das Leben ja gleich so anfühlt, als sei man frisch
im Paradies gelandet. Besonders freute mich auch,
daß Buz und Simone gekommen waren.

Die Simone trug heut eine Frisur wie eine afrika-
nische Diva. Der Haarreif hatte exotische Zacken in
den teilweise schrillgelb gefärbten Haaransatz geschlagen.

Zunächst setzten wir uns alle an ein kleines Tischlein und harrten der Dinge. Da heut Kanzlerwahl
war, wurde viel politisiert. Es ging darum, ob man
wohl rot oder grün wählen solle?

Dann spielten wir so gut es eben ging, und hernach
durfte man sich am Büffée bedienen - für uns

Interpreten gar auf´s Haus, während der arme Buz tief in die Tasche greifen mußte.

Auf der Heimfahrt stritten sich Buz und Simone über die Religion. Doch ich bin ein harmoniebedürftiger Mensch und kann Spannungen ohne die schützende Fernsehmattscheibe dazwischen einfach nicht ertragen.

In der Eberhardstraße verstanden sie sich dann allerdings wieder gut, da es nun darum ging, daß Buz die Simone gerne kostenlos weiterunterrichten würde.

„Ich nehme entweder zweihundert Mark oder gar nichts!" sagte Buz.

Daheim bei mir müffelte es erschreckend nach Blumenkohl.

Ich bin dann bald zum Wählen aufgebrochen.

Natürlich ist man angesichts der Invasion aus dem Osten versucht, eine Partei zu wählen, die uns von dieser Plage befreit, aber in der Wahlkabine zeigte sich dann doch, daß ich Rehleins Tochter bin, und extra meinen lieben Eltern zur Freud wählte ich Grün.

Daheim ist dann bald schon Buzens junge französische Schülerin Marie-Helene zu Besuch gekommen. Im Eßzimmer erteilte Buz ihr eine Lektion auf der Violine, doch in dieser Unterrichtsstunde ist Buz leider zuweilen aufgebarscht, weil die Marie-Helene so schrecklich stottrig zu spielen pflegt - vor Schreck über kleine Unebenheiten fängt sie immer kurz vorher noch mal an und spielt den ersten Ton gewohnheitsbedingt drei mal, bevor sie dann los legt. Grad so, als wolle jemand sagen: „Ich, ich, ich liebe dich!"

Bei fast jeder Phrase fing sie nach zwei Tönen wieder von vorne an.

Ich verließ das Haus um joggen zu gehen und hinzu ein paar Äpfel zu stibitzen, die mir jedoch meine Trainigshos an den Seiten unschön ausbeulten. Besonders köstlich schienen mir die dicken Bosköppe von einem Baum in der Nähe vom „Stöckelschuh".

Da man weiß, daß Buz beim Unterrichten kein Ende findet, besuchte ich die Simone im Tal, die soeben mit ihrer Mutti telefonierte.

Auf dem Kilbermarkt hatte mir die Simone ein Lebkuchenherz mit der Aufschrift „Denk an mich!" gekauft, das sie mir nun schenkte.

Wir setzten uns zum Tee zusammen.

Ich frug die Simone sehr interessiert darüber aus, wie sie wohl den Tag zu gestalten pflegt?

Man hat so viel vor im Leben, daß man sich bildhaft vorstellen möge, man wolle seine Vorhaben in eine Tüte packen, die jedoch unter der Fülle schon bald reißt. Die Vorhaben krachen zu Boden, manche zersplittern, andere müssen wieder eingesammelt werden. Simones Tages sind reichhaltig befüllt: mit kochen und briefeschreiben, lesen und Sport! Manchmal haut sie sich ins Bett oder hängt vor dem

Bildschirm ab, und abends unternimmt sie etwas mit Freunden. Als ich dann *meinen* Tagesablauf schilderte, kam es mir irgendwie komisch und sogar ungereimt vor, daß ich nicht alles hineinpacken kann, was mir so vorschwebt.

Und nun hat die Simone auch noch so einen tollen Wadentrainer geschenkt bekommen!

Als ich wieder daheim bei Buz war, hatte Buz die Marie-Helene durch die Hanlin ersetzt. Ich sagte zwar: „Yehudi, ill est six heures!" meinte es aber nicht weiter ernst.

Ein Anekdötchen Rehleins aus den frühen 60ern:

Endlich! – Dank unzähliger einschmeichelnder Briefe, Fürsprachen, Vitamin B-Aktionen und nicht zuletzt großer Hartnäckigkeit wurde Buz eine Audienz bei Yehudi Menuhin in Gstaad in Aussicht gestellt. Der große Meister hatte sich bereit erklärt Buzen und seinen pädagogischen Ideen ein Stündchen lang seine Aufmerksamkeit zu schenken.

Buz hatte alles so liebevoll vorbereitet und trug eine Mappe mit Aufsätzen und Fotos mit sich herum.

Viel zu früh trafen Buz und Rehlein am Treffpunkt, einem Nobelhotel, ein.

Eeeewig mußte man auf den Meister warten. Dann jedoch kam er und machte einen fahrigen und müden Eindruck, als er Buz und Rehlein Einlass in seine Hotelsuite gewährte.

Mit Feuereifer und Begeisterung breitete der süße Buz seine bahnbrechenden Erkenntnisse aus, und Sir Yehudi (damals wohl noch ohne „Sir" Titel?) sagte Dinge wie „Meine Worte!" oder „Was *ich* immer predige!"

Doch nach etwa fünf Minuten wurde die Tür aufgerissen und Ehefrau Diana rief atemlos: „Yehudi, ill es six heures!"
Die Audienz war beendet.

Und seither sagen Rehlein und ich zuweilen: „Yehudi, ill est six heures!" wenn Buz es mit seiner Unterrichterei ein wenig übertreibt.

Heute ist die Ära Kohl zuendegegangen, und der Schröder ist Kanzler geworden. Ein weltbewegendes Ereignis, das Buz für Stunden um Stunden vor den Bildschirm bannte. Einmal schrie er begeistert: „Die Liiiiiisel!" (Unsere politisch aktive Tante) Elektrisiert warf ich die Geige aufs Bett, doch da sah man sie schon nicht mehr. Hinter dem frischgekürten Kanzler stand die etwas starr wirkende Doris Köpf - die Neue an seiner Seite.

Den Abend verbrachten Buz und ich sehr nett mit der Simone im „Milano". Ich hatte schon ein wenig Angst, daß nun den ganzen Abend lang über meinen Kopf hinweg politisiert würde, und zu Beginn war´s sogar noch schlimmer, weil Buz sich in einen politischen Monolog hineingesteigert hat, wo man als Frau leider ziemlich bald den Faden verlor.
Die Simone macht derzeit eine FeV-Diät (Friss ein Viertel), und somit bestellten wir eine Caprese für uns zu dritt. Wir sprachen über den Professor Kraitz, den außerhalb von Trossingen doch kein Mensch kennt. Dennoch tut er so, als sei er einer der

maßgeblichen Interpreten des ausklingenden zwanzigsten Jahrhundert.

Über die Marie-Helene sagte Buz kränkend, wenn sie so weitermache, so müsse er sie in einem halben Jahr hinauswerfen. Dies habe keinen Zweck.

Buz hob einen kleinen Wein, war bald schon ein wenig ansentimentalisiert, und so sprachen wir nun über Freundschaften und Geschwister. Die Simone hat noch einen Bruder, mit dem sie strenggenommen gar nicht verwandt ist, dennoch ist man einander gewöhnt und spricht auf eine Weise miteinander, die man nur bei Geschwistern antrifft. Sehr lose, oft belehrend oder gar kränkend - aber doch anders als bei Eheleuten, wo zuweilen Worte fallen, die eine Versöhnung ausschließen.

Ich regte an, daß man für jeden Musikprofessor eine Begutachtung durch die Stiftung Warentest einholen müsse.

Durch die unheimliche Einsamkeit brachten wir die Simone zurück ins Tal.

Montag, 28. September

Zum Teil sehr düstere Bewölkung. Grau schraffiert.
Regen, und dann wiederum (abends)
zart-güldene Sonneneinstrahlungen

Jenen Herrn, dem ich auf dem Marktplatz die
Äpfel abkaufte, kann ich nicht ausstehen.
„Schönes Frau!" röhrte er beim Kaufvorgang
lüstern mit dem verhassten Ostakzent, und schaute
mich dazu undefinierbar an.

Heute legte ich ein Tüchtigkeitsprotokoll in der
Art eines Haushaltsbuchs für mich an:
Gewissenhaft listete ich alles auf, was ich wann
tat. Ähnelnd einer Hausfrau, die ihrem Mann
Rechenschaft schuldet, *wo* sein Sauerverdientes
hinfließt, wollte ich einfach mal sehen, wo meine
Zeit so hingerieselt ist, wenn ich eines Morgens
erwache, und eine Seniorin mit schlohweißem Haupt
geworden bin.

Herr Rost hat so eine wunderbare Wellenlänge zu
Buz, daß Buz ihm zum Abschied gar freundschaftlich aufs Schulterblatt hieb.
Buz wünscht sich glühend, daß Herr Rost sein
allerbester Freund würde, und Herr Rost findet Buz
auch ganz entzückend. Bloß ist er verheiratet und hat
sein eigenes, gänzlich überfülltes Leben, das aus allen
Nähten zu quellen droht. Mehr als ein lieber Bekann-

ter, der im Vorübergehen die Hand zum Gruß erhebt, kann er niemandem sein.

Für heut hatte ich Buz und Simone zum Mittagessen eingeladen. Aber es gab leider nichts Besonderes. Bloß das, was es neuerdings bei mir immer gibt: Hirse mit französischem Tiefkühlgemüse.

Buz hat gleich den Fernseher eingeschaltet, um die Hochrechnungen anzuschauen.

Ich erzählte, daß die Veronika sehr oft auf die Franken schimpfe – sie erinnern an Schnecken in ihrem Gehäuse: Verschlossen und unpersönlich. Doch die einzigen beiden Franken die ich kenne, Simone und Herr Rost, sind sehr nett, so daß ich Veronikas Frankenbild bislang nicht teilen kann. Simone und Herr Rost gehören zu jenen Leuten, bei denen man nichts missen, sich aber auch nichts hinzuwünschen würde.

„Bei fast allen Menschen bleibt doch irgendwie etwas zu wünschen übrig!" philosophierte ich.

„Bei mir auch?" frug Buz mit geschwelltem Brustkorb im Sude mangelnder Selbstkritik.

„Nein. Bei dir nicht!" sagte ich zärtlich wie eine Mutter, oder wie einst die Esslinger-Oma, wenn die Rede auf ihren Erstling „Kurt" geschwenkt wurde.

„Mein Söhnchen ist mir das Liebste auf der ganzen Welt!"

Dann erzählte ich, wie Herr Reimer dem kleinen Matthias geraten hat woanders zu studieren, weil er sich nach versierter Psychologenmeinung von seiner

Mutter lösen solle. Der Matthias ist aber kein typischer Jugendlicher, und hat gar kein Interesse daran, sich von seiner Mutter zu lösen. Er ist froh, wenn sie schmackhaft für ihn kocht und ihn überall hinfährt.

Dann hörten wir uns die Schumann Fantasie mit Anne-Sophie Mutter an. Die Simone findet dieses Stück nicht gut. „Wenn dies jetzt die Marie-Hélène wäre, die da spielt, so wärst Du doch wirklich baff!" wandte ich mich fragend an Buz, und hatte das Wörtchen „baff" mit einem Ausrufezeichen versehen. Währenddessen prasselte der Regen auf mein Dachfenster ein und ich regte an, daß Buz - ähnelnd einem Touristikunternehmen - doch die aktuellen pädagogischen Angebote an seine Tür in der Hochschule kleben könnte: „Beethovens Violinkonzert in Rundfunkqualität für nur 1099 DM."

Mittags übte ich an meiner täglichen Seite herum: Dvořáks Violinkonzert zweiter Satz 3. Seite.

Am Nachmittag erhielt ich eine Lektion auf der Violine im Raum 132 (dem schönsten und beliebtesten Raum in der ganzen Hochschule. Mit Blick auf die Stadtbibliothek, die stets so warm und heimelig beleuchtet ist, und inmitten des Stadtparks steht.)

So manch ein Geiger denkt beim Geigen mit Blick aus dem Fenster: „Wenn ich zuende gespielt habe, dann besuche ich die Stadtbibliothek und entlehne mir einen Schmöker, der es in sich hat!"

Buz war heut ein wenig mäkelig gestimmt und sprach davon, daß man den metrischen Schwerpunkt oftmals nicht verstehe und ihm vieles einfach zu flautando eingefärbt sei. Der Geiger müsse zeigen, was er mit dem Werk vorhabe.

Direkt an die Violinstunde geschmiegt suchten wir das Tonmeisterkabüff auf, wo Herr Rost wie alle Tage am Telefonieren war.

Wir warfen einen Horch in meine CD.

„Meine Stärken sind die kleinen zarten Nuancen zwischen den Zeilen", prahlte ich. „Zum Beispiel das Gespür dafür, wie eine Stelle kurz von der Sonne gewärmt oder von Zefirwind behaucht wird."

Hernach besuchten wir die Musikbibliothek.

In unserem Blickfeld saß ein unpersönlich wirkender Russe aus dem Schrot und Korn jenes Künstlertypus, der die Menschen um sich herum aus einer Mischung von Misanthropie und Gleichmut gewohnheitsmäßig gar nicht wahrzunehmen pflegt. Mit Kopfhörern umrahmt glotzte er ein Oistrach-Video. Ich schreibe „glotzen", (ein Ausdruck, den ich für gewöhnlich nicht zu benutzen pflege), aber in seiner Miene konnte man weder Verzückung noch sonst irgendetwas entdecken. Es war, als habe man einer Kuh auf der Weide einen Kopfhörer aufgesetzt. Buz wiederum warf einen sehr interessierten Blick auf das Video, und auch ich schaute durch Buzens Sinne drauf: Mit zitterndem Wangenspeck interpretierte der verstorbene Altmeister das Brahms-Konzert.

Am Abend war der süße Buz sehr gut gestimmt. Seine neue Meisterschülerin Han Lin, von der es heißt, sie sei die Nichte eines steinreichen Mannes, hatte ihn nämlich in den „Bären" eingeladen. Er dürfe ruhig schamlos sein. Buz wiederum wollte *mich* einladen.

Bereits um 20 Uhr kam er, um mich abzuholen, als ich grad in meiner neuesten Zwangshandlung stak: Jeden Tag eine Seite auswendig zu lernen.

„Der kleine Augustin in dir...." meinte Buz so nett und verbindlich, da wir in letzter Zeit sehr viel über den kleinen Augustin sprechen - einen 14-jährigen Geiger, der schon jetzt besser spielt als jeder Professor. Und da der kleine Augustin fast alle Werke der Violinliteratur auswendig beherrscht, ist davon auszugehen, daß er ebenfalls jeden Tag eine Seite auswendig lernen muß. Und sollte er mit vier Jahren damit angefangen haben, so beherrscht er mittlerweile 3650 Seiten – „Eine ganze Musikbibliothek!" rief ich begeistert aus. Was in so einen kleinen, gerademal globusgroßen Kopf hineinpasst! staunt man da.

Buz war so süß und erzählte, daß er demnächst ein paar Extra Violinstunden erteilen will, damit er Herrn Rost noch ein freiwilliges Extrahonorar zahlen könne.

Da betraten wir aber bereits die Schankstube. Die Königklicke war heut auf zwei Tische verteilt, und es ging ein wenig zu wie bei der Verabschiedung von Kanzler Kohl. Die Simone saß mit Vater und Bruder an einem runden Tisch und an unserem langen Tisch daneben saßen die beiden Neuen in der Klasse: Han Lin und Marie-Helene. Trotz der Sprachbarriere verstanden wir uns alle wunderbar. Wir spaßten auf verbindend netter Ebene herum, und ich liebte Buz über alle Maßen. Serviert wurden kleine Fleischinseln mit knackigem Pfannengemüse der Saison und hierzu französischer Wein ausgeschenkt. Und einen köstlichen Nachtisch hat es auch noch gegeben: Ein Grand Marnier-Törtchen.

Hernach brachten wir die Neuen in die Zeppelin-straße und besuchten auf dem Hinweg noch den heimelig beleuchteten alten Bahnhof, um nach den Abfahrtzeiten zu schauen.

Später liefen wir durch die einsame von hageren, leicht gebogenen Lampen gelb beleuchtete Eber-hardstraße zurück.

Buz sprach ein bißchen, wenn auch auf netter Ebene davon, daß Trossingen nicht der richtige Ort für mich sei. Am liebsten sähe es Buz, wenn ich nach China oder Korea zöge, um dort mein Glück zu versuchen. „Aber dann sehen wir uns ja nur noch maximal fünfmal im Leben!" sagte ich ganz erschüttert, „man hats doch bei den Verwandten in Amerika gesehen, wies kommt!"

Buz wollte noch ein paar Aufnahmen bei mir abhören – doch wie dies Buzesart ist, blieb er am Fernseher kleben: Wahl, Tatort...

Dienstag, 29. September

Siebenbürgnerisch getöntes Sonnenwetter
mit interessanten Wolkengebilden

Leicht wie eine Feder hüpfte ich aus dem Bett.
Alles in mir zentrierte sich darauf, Buzen ein paar
Brote zu schmieren und auf den Bahnhof zu
bringen.

Etwas bereute ich leicht: Gestern hatte Buz noch
vor meiner Türe darüber referiert, daß ich nicht
immer am Griffbett spielen solle. Dies habe ihn in
Rottweil gestört, und dies sagte Buz multipel,
obwohl's im Hause doch schon ganz still war und
der ein oder andere vielleicht schon seine Nachtruhe
wünschte?

„Bitte nicht wie die Uta!" stöhnte ich einmal, „15
fach variierend!" Aber Buz hat's doch nur
derohalben so oft variiert, damit sich mir seine guten
Lehren umso besser einprägen. Als ich die Türe leise
hinter Buzen schloß, wurde ich von Reue geflutet.
Ich hatte es zwar nicht unfreundlich gesagt, aber
arrogäntlich war's ja doch, und nachher wird Buz auf
dem Heimweg zum Hotel von irgendwelchen
Trunkenbolden erschlagen, und das Letzte, was er
von seiner einzigen Tochter gehört hat, war eine
leichte Arrogäntlichkeit, dachte ich unglücklich. Und
so schmierte ich Buzen für seine lange Reise zwei
Schuhsohlenförmige Doppelbrote – eines gar mit
Nutella, weil ich im Stile von Ute M. gedacht habe:
„Unser Papa ist ja 'n Süßer!"

In der Bäckerei kaufte ich ihm auch noch einen Butterkuchen mit Mandeln.

Im Hotel saß Buz inmitten Zeitungsblättern am Frühstückstisch. Ich sehe es noch vor mir, als sei es eben erst gewesen. (Dies schreibe ich für meine einsame Seniorenzeit)

Buz machte sich über meinen neuen roten Annorak lustig, auf den ich doch so stolz bin. Ich sähe aus wie eine polnische Landarbeiterin, spöttelte er. Darüber mußte ich laut lachen, weil ich den Gedanken, wie eine polnische Landarbeiterin auszusehen so amüsant fand.

Noch ein letztes Mal sollte wir das Tonstudio von Herrn Rost aufsuchen.

Buz erzählte von den Geschwistern Hahmann, die beide so arrogant und unleidlich seien. Dem konnte Herr Rost eigentlich nur zustimmen, den einmal hat er die Stimme von Evelyn Hahmann aussteuern müssen, und hierbei habe sie ein affiges Divengehabe an den Tag gelegt und sich in vermeintlicher Wichtigkeit aufgeplustert wie ein Ochsenfrosch.

Buz verpasste heut insgesamt drei Busse, weil er sich nicht trennen konnte, und zu einer Lektion im Raum 132 langte es auch noch. Ich hatte mir so fest vorgenommen nett und interessiert zu sein, und doch entfuhr mir einmal eine leichte Unverschämtheit, indem ich nämlich über Buzens selbsterfundene Fingeraufklappübung sagte: „Eine schreckliche Übung!" da es leider sehr deltamuskelschwächend klingt, wenn Buz, leicht gekrümmt am Griffbrett streichend, vibratofrei die Finger aufklappt.

Auf dem Wege zur Pforte gab´s einen Begegnungs-
tumult: Alle Leute, die uns ins Blickfeld gespült
wurden, kannte ich: Die brave Marie-Helene strebte
mit ihrem orangefarbenen Geigenkasten zu den
Übzellen im dritten Stock.

„Wieviele Stunden pro Tag sollst du üben?" frug
Buz gutmütig wie ein Vater.

„Drei!"

„Und wieviele Stunden pro Tag Deutsch lernen?"
Buz zeigte fünf Finger, um ihr hierbei auf die
Sprünge zu helfen.

Dann gelang es Buzen, Simones Papi als Schofför
nach Rottweil zu gewinnen.

Vor der Hochschule plauderten zwei Klavier-
professoren miteinander. Der eine hatte sein kleines
Kind dabei. Es trug eine Zipfelmütze die steil in die
Höhe ragte und strahlte einen großen Ernst aus. Es,
mit seinen großen traurigen Augen, war ganz weiß.
Grad wie ein rumänisches Waisenwammerl. Einmal
deutete es auf seine Schühchen uns sagte zu Buz:
„Schue!" als müsse Buz dies erst von ihm erfahren,
was das sein soll.

In der Eberhardstraße parkte das Auto von der
hübschen Colette, zu der wir den Kontakt in stiller
Übereinkunft so mehr oder minder abgebrochen
haben. Seit dem 13. Juli habe ich nichts mehr von ihr
gesehen oder gehört. Und versetzt man sich in die
hübsche Colette hinein, so ist´s ja tatsächlich so, daß
sich bei den Freunden die Spreu vom Weizen
getrennt hat. Ute M. ist die Einzige, die treu zu ihr
hielt. Und wenn ich´s recht bedenke, so war ich

eigentlich kaum je eine gute Freundin für die Colette, ebensowenig wie ich für die Hilde eine gute Freundin bin. Man muß es alles mal von der anderen Seite betrachten: Niemand ist prinzipiell ein guter Freund. Höchstens für Vereinzelte, die man halt wirklich liebt - so, wie ich meinen Papa *wirklich* liebe, obwohl er beinahe meinen Picknickbeutel vergessen hätte und ich extra nochmals in die Hochschule wetzen mußte, um ihn zu holen. Tatsächlich - da hing er nun - und verlegen mußte ich einen Sänger beim Unterrichten stören und fing mir einen fragend-mahnenden Blick ein, der eine Weile lang schamröteneintreibend auf meiner Haut brannte, bevor Buz sodann um halb zwölf von Simones Papi aufgepickt wurde. Ich wußte jedoch: Wenn Buz einsam in der Eisenbahn sitzt und in das Brot beißt, daß ich ihm liebevollst geschmiert habe, so freut er sich.

Nachdem Buz weg war vermisste ich ihn schrecklich. *Es fühlte sich an, als sei Buz gestorben, ich käme von der Beerdigung zurück und wäre gezwungen, den Rest eines zerschmetterten Lebens buzesfrei zu absolvieren.*
Am liebsten hätte ich einen Liter Tränen vergossen.

Dann dachte ich darüber nach, wie die hübsche Colette nun die Nase eine Spur zu hoch trägt - so, wie Döris Schröder-Köpf, bloß weil sie nun das Betthäschen eines wichtigen Mannes ist.

Ich besuchte den Kolonialwarenladen an der Ecke und ließ mir von der sehr netten Dame etwas für mein Mittagsessen empfehlen: Einen Fertiggriespudding der Firma „Landliebe". Am liebsten hätte ich mit der netten Dame, die jedoch leider einen Goldzahn in der Lächelzone trägt, einen Pakt geschlossen: „Ich bin leider zwangskrank", hätt ich ihr anvertrauen mögen, „und kaufe praktisch immer dasselbe - könnten Sie nicht in Zukunft bei meinen Einkäufen draufschauen, daß ich mich nie wiederhole?"

Um 17 Uhr joggte ich los. Das Kuriosum, daß ich nur noch Leute treffe, die ich schon kenne, hielt an: Zunächst die Simone, die im Auto an mir vorbeifuhr, und dann die Amalia, die des Weges kam. Sie umarmte und küsste mich, wie dies daheim in Siebenbürgen die Norm sei. Auch das schöne Wetter wirkte heut so siebenbürgnerisch, und auch wenn ich noch nie dort war, so sehnte ich mich nach Siebenbürgen, weil mir der Name so gut gefällt. Welch ein Unterschied im Klang: „Ich komme aus Trossingö!" und „Ich stamme aus Siebenbürgen!"
Ein kleiner Junge stak soeben in einem beängstigenden Tobsuchtsanfall. Er brüllte so markerschütternd, daß sich um ihn herum eine regelrechte Säule aus Grauen bildete, und man ihn eigentlich hätte totschlagen müssen.
Unter den Bäumen lagen so viele Äpfel, daß man es kaum fassen konnte.
Dort wo der Weg vom See aus in den Wald hineinmündet, wackelte mir eine Gestalt entgegen: Es war die alte Violinhuzzel; eine steinalte Geigenlehrerin mit einem freundlichen Gesicht, die ein

wunderschönes Österreichisch spricht. Sicherlich eine Linzerin, mutmaßte ich zärtlich, denn niederöstereichisch, steirisch und salzburgerisch ist schlicht und ergreifend eine Beleidigung fürs Ohr. Anders das Oberösterreichische – eine Delikatesse für den Sprachliebhaber!

Als ich mit meinen apfelzerbeulten Hosen durch die stillen Vorortstraßen strich, trat soeben der russlanddeutsche Kinderfänger aus der Baarstraße heraus. Ich gab ihm etwas von der Freundlichkeit der alten Violinhuzzl ab, da er wohl nur sehr selten ein gutes Wort zu hören bekommt. Seine Eltern und Geschwister sind lange tot, aber selbst wenn sie noch leben würden, so würde wohl kaum noch Kontakt bestehen, denn man verstand sich einfach nicht. (Wie ich aus früheren Plaudereien weiß.)

Er frug nach meinem Beruf. „Ich bin Geigerin von Beruf!" sagte ich stolz.

„Ist das ein Beruf?? Ist es ein Beruf wenn man einen Trommelwirbel veranstaltet?" scherzte er freud- und verständnislos, denn daß man fürs Lärmen auch noch bezahlt wird, will ihm nicht so recht in den Kopf. Ich erzählte, daß ich viel herumreise.

„Das ist schlecht!" sagte er grämlich, und dabei bin ich doch froh drum.

„Ich liebe es, herumzureisen", sagte ich.

„Wenn Sie zuende gegeigt haben, müssen Sie sich schnell vom Acker machen, damit Sie niemand wegen Lärmbelästigung ins Gefängnis bringt!" sagte er noch.

Am Abend war ich im Supermarkt, um Schlaftee zu kaufen. Ich schlafe fast immer toll, doch wenn man´s gut hat, so hätte man es gern noch besser.

Im Buchladen traf ich meinen alten Freund Matthias aus Karlsbad. Er, der beruflich etwas „dünn" Dastehende (immer noch ein simples Tuttischweinderl in dem jämmerlichen Orchester von Karlsbad/ Tschechien, wo man grad mal so viel verdient, daß man niemanden mehr anpumpen muß) macht mal wieder Urlaub auf Sparbasis bei den Eltern. Seit zwanzig Jahren bastelt er an einem Schiff, und dieses unfertige Schiff steht in seinem Kinderzimmer. Ein Missisippidampfer, der nun vielleicht bald fertig ist, so daß man ihn im Springbrunnen auf dem Marktplatz, oder aber daheim in der Badewanne spazierenfahren lassen kann.

Wir unterhielten und noch über den gestrauchelten Kontrabassisten Reinke, der in Israel in volltrunkenem Zustand eine Rechnung mit „Adolf Hitler" unterschrieben hatte. „Adolf Hitler soll Euch die Rechnung zahlen!" habe er gelallt.

„Wenigstens kann seine Frau nicht mehr schäumen, weil sie ja schon tot ist!" erzählte ich dem Matthias - so bleibt ihm wenigstens diese häusliche Schmach erspart.

Am Abend war ich nicht sehr gesellig, so daß ich die Simone, die morgen auf ewig nach Karlsruhe auswandert, nur noch ganz kurz in der „Galerie" verabschiedet habe (einem Studentencafé). Sogar ein kleines Abschiedsgeschenk hatte ich für sie präpariert, damit sie mich nicht ganz vergisst. Ein Unikat von meiner Bach CD Nummero zwei, mit kleinen Fehlern zwar, so doch unerhört stimmungsvoll. Geschmückt mit einem lustigen Foto, das mich in Menuhinpose vor elf Jahren zeigt: Mit einem kurzen Höslein, Strümpfen und historischen Schnallenschuhen.

Daheim rief ich ganz spontan in Ofenbach an, weil ich Ming und Mobbln eine Stelle in der Brahms Symphonie Nummero II vorführen wollte, die mich so an die Art erinnerte, wie Ming früher immer mit dem Kopf gewackelt hat, wenn ich ihn vor Gerlinds Augen geküsst habe.

Ming wirkte heut allerdings so erwachsen und überreif, daß er mir eher etwas fremd war. Er meinte gar, daß ich nicht wunderlich werden dürfe, weil ich halt immer allein bin. Wenn es nach Ming ginge, so müsste ich bereits am 15. Dezember nach Amerika fliegen, doch viel lieber würde ich besinnlich mit Opa & Mobbl feiern, da ich kein uferloses Ferienherumgehänge mag. Doch dann verstanden wir uns immer besser. Wir sprachen über natürliche und gekünstelte Genialität (Gidon Kremer).

Beim Biolek war ein zur Frau umoperierter Bürgermeister - sprich eine BürgermeisterIN zu Gast: Ein Herr mit Stöckelschuhen und Ohrringen, jedoch von angenehm vernünftigem Wesen und sehr sympathisch.

Mittwoch, 30. September

Ein verhangener Regentag

Ich träumte ganze Romane zusammen:

In einer Szene war ich gar nicht ich, sondern eine Romanfigur: Eine Russin, die aus dem Duschhäusl trat und einen Jüngling herbeilockte, um ihn zu bitten, ihr den Rücken zu massieren. Dann träumte ich auch noch *eine echte* Ärgerlichkeit: *In Waschküchenwetterlage stand ich auf einer steilen Straße und ein Skatebord-Lümmel quatschte mich an: „Ei, haste was Kleingeld?" (frug er ungehobelt).*

„Nein!" sagte ich, doch da hielt er bereits meine schwarze Kellnerinnenbörse in Händen, die er mir einfach aus dem Rucksack entwendet hatte, und murmelte etwas solcherart, daß ich wohl tatsächlich nichts mehr habe. Ich wurde rabiat wie ein Kleinkind, dem man sein Lieblingsspielzeug weggenommen hat, und schrie und tobte herum. Der Jüngling aber fuhr mit seinem Skatebord und der Beute wieder vondannen.

Heut erhob ich mich spät.

Einen Vorteil hatte das Späterhöbnis aber auch: Mein „Ehen-vor-Gericht" Drama war bereits aufgezeichnet worden.

„Riehle gegen Riehle":

Eine rupffrisurige Dame namens Barbara, ihres Zeichen Karrierefrau, die im Gegensatz zu mir Ansprüche ans Leben stellt (Schöne Reisen, schicke Möbel etc.), sah es einfach nicht mehr ein, ihren öligen und allmählich graumelierenden Michael auch noch durchzufüttern. Eine dominante Freundin hatte sie auch: Doris Poppe. Eine Dame, die die Schirmherrschaft über Barbaras Denken und Handeln übernommen zu haben schien, und ihr ständig ihren Michael madig machte.

Heut, am ersten Tag nach Simone, verbrachte ich einen einsamen Regentag. Zunächst übte ich vier halbe Stunden lang Geige, um stolz einen Zwei-stundensack zuschnüren und in die Ecke stellen zu können. Mit dem zweiten Satz vom Dvorak-Konzert bin ich somit heut fertig geworden, auch wenn ein selbstkritischer Musiker sagen sollte: „Man ist niemals fertig! Kein Geiger der Welt spielt so gut, als daß er sich nicht noch verbessern könnte!"

Hernach schrieb ich zwei Briefe:

Zunächst an Barbara Wunder in St. Gallen. Ich legte die Geschirrechnung bei, damit sie das Geschirr wieder umtauschen könne, wenn es ihr nicht gefällt, und umrankte dies mit ein paar poetischen Zeilen. Fast hätte ich sogar geschrieben: „Wer weiß, wozu es gut war, daß ich das Geschirr zertrümmert habe: Vielleicht erwächst sich eine lebenslange Korrespon-denz daraus?"

Dieser Passus scheiterte allerdings daran, daß ich nicht wußte, wie man Korrespondez schreibt.

Dann schrieb ich mein Abbo an Ming, und als ich es durch den Huulregen zum Briefkasten am Markt-platz trug, besuchte ich am letzten Ferientag auch noch rasch die Hochschule. Ich traf nur den braven Gitarristen Herrn Hempel, der sich auf seine Unterrichtätigkeit vorbereitete. Wir beiden tauschen immer ganz honigsüße Herzlichkeiten aus, fast schon zu schön, um wahr zu sein.

In der Zeitung las man über Viktor Merschanow, der in drei Tagen endgültig und für immer verabschiedet wird. Bald wird er im Bewußtsein der Meisten zu Staub zerfallen sein. Man konnte lesen, daß er im Jahre 1945 einen ersten Preis bei einem sowjetischen Klavierwettbewerb gewonnen hat, den er sich mit Svjatoslav Richter teilen durfte, so daß es streng genommen natürlich nur ein halber erster Preis war. Womöglich hat der Viktor ein Leben lang darunter gelitten, nicht mit seinem Siegeskumpan Schritt halten zu können. Während der Sowjetoslav in den Köpfen der Meisten als Riese erscheint, mußte sich der Viktor mit der musikalischen Besenkammer Trossingen begnügen. Man erfuhr auch, daß das mittlerweile fast achtzigjährige Tastenfossil sehr fleißig sei: Morgens ist er der Erste, der ans Klavier geht und abends verbleibt er nicht selten viele Stunden lang in den Räumen der Hochschule, um Übschulden abzutragen.

In der Bäckerei holte ich mir sodann einen warmen Zwiebelkuchen. Heute hätte ich fast nicht joggen können, da es leider regnete - aber dann rannte ich doch los.

Gegenüber von der Hohner-Villa begegnete ich meiner losen Bekannten, der Nudelhaus-Andrea. Sie arbeitet nun schon so lange nicht mehr als Nudel-fräulein, und doch ist der Name an ihr haften geblieben, so wie der kleine Matthias wohl ein Leben lang „Der kleine Matthias" heißen wird.

Unterwegs lernte ich ein paar Enten kennen, und heut hatte ich einen Sack dabei und fischte mir in Stöckelschuhnähe mehrere Bosköppe aus dem nassen Gras. Unterwegs dachte ich darüber nach, daß mein Leben jetzt so eingefahren ist, wie bei einer Seniorin. Was soll man an einem solchen Tag wie dem Heutigen um Himmels Willen ins Tagebuch schreiben? Gestern hatte ich Ming so fröhlich erzählt, daß ich sooo gerne allein sei.

„Das habe ich vom Onkel Otto geerbt!" rief ich in rotwangig frischer Ausstrahlung aus.

Um 19 Uhr ist es jetzt bereits ziemlich dämmrig, aber ich habe trotzdem kein Licht eingeschaltet und übte im dämmrigen Regenambiente.

Um 21.45 machte ich schließlich etwas verfrüht Feierabend.

Personenverzeichnis:

Ahrends, Herr, engagierter Herr in Ostfriesland (*um 1956)

Althapp, Herr, Klavierlehrer in Frankfurt (Geburtsjahr unbekannt)

Amalia, junge von Buz sehr geschätzte Pianistin aus Rumänien (*1974)

Auersberger, Pfarrer (*1939) Geistlicher und Verehrer von meiner Freundin Mireille

Bloser, Herr, (*1947) mein Klavierlehrer in Trossingen

Christoph, Flötist aus dem Schwabenland. (Geburtsjahr unbekannt.) Der Neue an der Seite meiner Freundin Katharina.

Colette, (*1972) Studentin Buzens

Daaje, (*1994) älteste Tochter von Mings Exe Gerswind

Deblon, Herr, (*1952) Bibliothekar in der Musikhochschule Trossingen

Dieter, Freund von meier Freundin Katharine

Dieter S., (*um 1955) Korrepetitor der Musikhochschule Trossingen

Evchen, (*1959) ehemalige Kollegin von der Omi im Rechtsanwaltsbüro

Feli, (*1996) Töchterlein von meiner Freundin Ute in Rottweil

Frank G. , Nachbar und Kabarettist in Trossingen

Franz, (*1968) Buzens treuester Jünger aus Taiwan

Gerlind, (*1964) Exe Mings

Gesine, Töchterlein von Mings Exe Gerlind

Hahmann, Herr, Celloprofessor in Trossingen (*1935)

Han-Lin, (*1974) Studentin Buzens aus Taiwan

Hilde, (*1964) Exe Buzens

Hubert, (*1961) Mann von meiner Freundin Ute

Hussel, Frau, (*1947) Professorin für Aufführunspraxis in Trossingen

Ill-Soo, Nachbar in Trossingen (*1961)

Janine, (*1962) Pfarrhaushälterin in Hausach

Katharina, (*1959 liebe Freundein im Schwabenland

Kettler, Frau, (*1947) Telefonfreundin aus Basel

Krögers, dreiköpfige Familie in Rottweil mit einem komponierenden Söhnchen (dem „Rottweiler Mozart")

Leubner, Herr, (*1955) Geigenbauermeister in Trossingen

Linde, Hans-Martin, bedeutender Flötist

Lore, (1911-1998) Opas Schwester

Margarethe, (*1970) Freundin in Karlsruhe

Marie-Helene, (*1979) Studentin Buzens

Matthias, der kleine, (*1980) Sproß der Familie Kröger in Rottweil

Mireille, (*1966) liebe Freundin aus Kindertagen in Frankfurt

Moser, Annemarie, (*1942) Dame in Wiener Neustadt, die dem Opa mit seinem Buchsatz hilft

Nowak, Opa, (*1933) Schwiegervater von meiner lieben Freundin Ute in Rottweil

Omar, (*1977) der Neue an der Seite von Buzens Exe Hilde

Rautenberg, Frau, (*1920) Nachbarin in Aurich

Reichmanns, (*1928/1930) altes Ehepaar, das ich in Trossingen beim Spaziergang am See kennengelernt habe

Reimers, Rektoreneheleute in Trossingen (*1941/1942)

Rost, Herr, (*1963) Tonmeister in Trossingen

Sabine, (*um 1974?) Nachbarin in Trossingen

Scherließ, Herr, (*1945) Musikgeschichtsprofessor, der von Trossingen nach Lübeck rübermachte

Ute B., (*1966) liebe Freundin in Rottweil. Ehem. Studentin Buzens

Ute M., (*1963) liebe Freundin in Herrenberg, Baden Würtemberg

Welschberger, Herr und Frau, Eheleute im Schwabenland, die eine Konzertagentur gegründet haben

Yamada, Mika, (*1955) langjährieg Klavierstudentin in Trossinegn

Yossi, (*1947) Spezi Buzens. Bratscher und Genie